ラルーナ文庫

JN105235

よろず屋、
人気俳優の猫を探す

真式 マキ

三交社

CONTENTS

Illustration

心友

よろず屋、人気俳優の猫を探す

その男がアポイントメントもなく東町《ひがしまち》萬屋《よろずや》を訪れたのは、九月最初の月曜日、十六時少し前のことだった。

客先で使ったばかりの大工道具を棚に押し込んでいた篤《あつし》は、ドアが開く音に振り返りそこでつい手を止めた。はじめて見る顔だ。篤が切り盛りするこの便利屋を訪れるのはほとんどが地元のなじみ客で、こんなふうに一見さんがやってくることなどまずもってないからびっくりした。

同様に、ドアを開けた男も、あまりにもごちゃごちゃとした事務所の様子に驚いたようだった。露骨な表情こそ見せなかったが、篤の勘違いでなければ、部屋の中を見回す目に幾ばくかの戸惑いが滲《にじ》んでいる。

いらっしゃい、こんにちは、とりあえずはなんでもいいから声をかけるべきだ。そう思うのに、ぽかんと開けた口からはなんの言葉も出なかった。突然の見知らぬ客にびっくりしたからという理由ばかりではない。

男は、たいそう美しかった。

強面《こわもて》、男くさい、そんな形容がふさわしい美貌《びぼう》には、妙な威圧感と同時に滴るような色気がある。十歳ほどは歳上《としうえ》に見えるから三十代後半といったところだろう。

自動販売機を越しそうなくらいに背が高く、身体《からだ》つきはしっかりしていて、残暑の季節にふさわしい薄手のジャケットがよく似合っている。真っ黒な髪や瞳《ひとみ》の艶《つや》が、そうした男の魅力をさらに引き立てていた。

はじめて見る顔、ではないのか。いつだったか、どこかで見たことがある。篤がそう気づいたのは、声もなく男にしばらく見蕩《みと》れてからだった。身近にというのではない。遠く離れた場所にいる美しい男にこうしてただ見入る感覚を、確かに知っているような気がする。

そののちに、ああそうだと思い出し、ついこう呟《つぶや》いた。

「……石川《いしかわ》刑事？」

「ちょっと、篤兄さん！　それは役名です。俳優の桐生博之《きりゅうひろゆき》ですよ！」

間髪入れず横から小声で叱《しか》りつけられ、はっと目を向けると、高校の制服を着たまま事務机に座っていた甥《おい》の知明《ともあき》にぎろりと睨《にら》みつけられた。これ以上無礼なセリフを口走ったらひっぱたく、とでもいわんばかりの厳しい眼差《まなざ》しに気圧《けお》され「そう、そうだ」と芸もなく頷《うなず》いて返す。

男は篤と知明のやりとりを黙って聞いていた。俳優の桐生博之ですよという知明の言葉を否定しないのだから本人なのだろう。ならば篤のとぼけた態度に不快を示してもいいのに文句も言わない。

事務所に足を踏み入れたときには微《かす》かな戸惑いを見せた男は、そっと戻した篤の視線の先で、いま、まったくの無表情だった。そのせいか、彼からはひどくクールで近寄りがたい印象を受けた。まるで石造りの彫刻みたいだ、別世界に存在しているいきもののようだ、そんな思いが湧《わ》いてますます彼にかけるべき声が遠のく。

雑然とした部屋に少しのあいだ沈黙が落ちた。非常に気まずい。しかしなにを言えばいいのかわからない。俳優なんて華やかな職にある人間と喋《しゃべ》った経験がないし、さらに、いってしまえばこうも取っつきにくそうな男と向かいあったこともない。

はじめまして？　いや、いつも見ています？　それともあえて触れずに、ご用件は、でいいのか？　ろくな言葉も考えつかず篤が大いに困惑していると、男はそこでふと、ほんの僅《わず》かばかり眉《まゆ》をひそめた。苛立《いらだ》った、焦《じ》れたというのではなく単に彼もまた篤と等しく困ったのだろう。そういう表情だと思う。

そして、事務所に入ってきてからはじめて口を開き、男はこんなセリフを低い声にした。

「猫を探してくれないか」

猫。

想定外の男の言葉に、それまで以上にあっけにとられてから、篤は慌てて彼を形ばかりの応接間に通した。顔見知りの雑貨店店主から、古くてもう売り物にならないからともらい受けたソファ一式があるだけの狭い空間だが、客に応対するためのカウンターもない事務スペースで話を聞くよりはいくらかましだろう。

猫を探してくれないか。内容は意外であれ依頼は依頼だ。つまり桐生なにがし、だと思われる男は紛《まが》うことなくこの便利屋の客なのだ。ならばプロとしてきっちり仕事をしなければならない。

篤が促すと、特に不満も示さず男はぎしぎし軋《きし》むソファに腰かけた。その前のローテーブルに、とりあえずは冷蔵庫から取り出したペットボトルの紅茶を置く。うまいコーヒーを差し出したくても、残念ながらこのちっぽけな事務所にはコーヒー豆すらない。

さてでは話を聞こうかと彼の向かいに座ろうとしたら、事務スペースと応接間を仕切る棚から顔を覗《のぞ》かせた甥の知明に、こっそり手招きをされた。彼が必死の形相をしているので無視もできず、「少々お待ちください」と言い残して応接間を出る。

その篤の手首を引っ摑《つか》み事務所の一番奥まで引っぱって、知明はひそひそと言った。

「篤兄さん、あのひとが何者なのか理解してますか？」

理解しているかと問われると返事に困る。テレビも雑誌もインターネットもめったに見ない自分でも知っているのだから、それなりに有名な人物なのだろう、と推測はできても詳しいところなどは正直わからない。

「俳優なんだろ？　桐生……、桐生なんとか。石川刑事役の」

危なっかしく答えたら、知明に盛大な溜息《ためいき》をつかれた。叔父《おじ》と甥、十歳以上年齢が離れていても身内だけあって、しかも叔父さんではなく心安く兄さんと呼ぶだけあって彼の態度に遠慮はない。

「そりゃ石川刑事が一番人気のはまり役ですけどね、それだけじゃないですよ。もともとは舞台メインの役者だけど、その石川刑事役があたって、いまは映画やドラマにもしばしば顔を出す注目の俳優です。そういうのちゃんとわかったうえで応対してください」

「そうは言ってもなあ。妙にへこへこするのもかえって悪くないか。そもそもおれは芸人の扱いなんかよくわからん。客は客、それ以上でも以下でもないだろ」

「あのねえ。いつもみたいに近所のおじいさんが戸棚の修理を頼みに来てるわけじゃないんですよ。相手は有名人です。しっかりして、礼儀正しく、粗相のないように！」

生徒に言い聞かせる教師のごとき厳しい口調で告げられて、篤もまた密《ひそ》かに溜息をついた。見た限り桐生とやらには無駄な尊大さも偉ぶるつもりもないようだったし、ならばこちらもその態度に合わせるべきだと思うが、腫《は》れ物扱いしたほうがいいのか。職業における格差なんて気にしたこともないので、口に出した通りよくわからない。

しかし、知明が言うところの有名人が、なぜこんなちっぽけな便利屋を訪れたのか。そもそもどうやってこの店に辿《たど》りついたのか。わからないというのなら、そちらのほうがより謎《なぞ》だった。

東町という地名をそのまま借りた東町萬屋は、簡単にいえば地元のなんでも屋さんだ。店番とちょっとした雑務を頼むために高校生の甥をアルバイトに雇っているとはいえ、事実上の実働人員は篤のみで、だからご大層な仕事は引き受けられない。ご近所さんの家具の組み立てだとか大掃除だとかの肉体労働系がメインだ。

あとは洗濯の手伝いに食料の買い出し、子どもの宿題の面倒や弁当作り、せいぜいがそんなところか。ペットの散歩なんて仕事もちょくちょく頼まれるので、迷子のペット探しに駆り出されることもままあるにせよ、芸能人に猫を探してくれないかなんて頼まれた経験はない。

篤が東町萬屋をはじめたのは三年前だった。住まい近くの商店街隅にある古くて小さな雑居ビルの二階を借り、一応の事務所にしている。

自由に動ける若い男があまりいないせいか、地元民には頼りにされているし可愛《かわい》がられてもいると思う。しかしそれはあくまでも身近に住むひとたちからで、先ほども考えた通り町の外から一見さんがやってくることなどはまずなかった。

近隣住人の役に立てればそれでいいのでろくに宣伝も打っていないし、当然営業回りなんてこともしない。だから芸能人がこんな店を知るきっかけはないはずだ。なのに桐生はやってきた。意味がわからない。

などと考え込んでいてもしかたがないので、とりあえずは応接間に戻ろうとしたら、再度知明に手首を引っ摑まれた。目の前に鏡を突きつけられ「髪ぼさぼさだから整えて！せっかくの男前を無駄づかいしないでください！」と文句を言われ、渋々手ぐしで髪を梳《す》く。

いまは亡き母親とよく似た色素の薄い茶色の髪は、ここしばらく切っていないので整えようにも格好がつかない。別に繊細でも女のように綺麗《きれい》でもない平々凡々とした男の顔立ちなのだし、髪型など適当でよいとは思うが、知明の手前なんとかそれらしく形にしてからもういいだろうと背を向けた。

篤が改めて応接間へ足を踏み入れると、男は先ほどと同じく姿勢正しくソファに座っていた。彼がペットボトルに手をつけていないのは、喉《のど》が渇いていないからなのか有名人だからこそ飲食料には注意せざるをえないからなのか、はたまた紅茶が好きではないからなのかはわからない。

「お待たせしました。狭くて汚い事務所ですみません、普段は地元のおなじみさんしか来ないから油断してました。ええと。あなた……は、こんなちっぽけな店をどこで知ったんですか」

もともとは舞台メインの役者というだけあって、ステージ映えしそうな色男だなと再度こっそり見蕩れ、それから、うっとりしている場合ではないと気を取り直して声をかけた。名乗られてもいないのに、桐生さん、と呼んでいいのかに迷い、問うセリフが微妙に揺れる。

篤の躊躇《ちゅうちょ》を察したのか彼はまずジャケットから名刺入れを取り出し、二枚の名刺をローテーブルに置いた。一枚には桐生博之と記してあった。この男は紛うことなく、知明が言うところの注目の俳優、桐生本人であるようだ。そしてもう一枚には成瀬千秋《なるせちあき》と印字されている。かつて勤めていた探偵事務所で世話になっていた先輩調査員の名だ。

一礼して二枚とも手に取り、成瀬の名刺を裏返すと、達筆といえば聞こえのよい走り書きで、篤に任せる、とだけ書いてあった。確かに見覚えのある字を眺め、桐生がここを訪れたのはなるほど彼の紹介かと納得する。ペット探しの経験ならばそこそこあるので仕事を回してくれたらしい。

それからはっと気づき、二枚の名刺をテーブルに戻してジーンズから自分の名刺を摑み出し桐生に手渡した。順序でいえば普通はこちらから差し出すものだ。一応持ってはいても、普段の仕事では名刺なんてものはほとんど必要としないため、作法など忘れてしまった。粗相なく、という知明の忠告をさっそく破ったなと少々焦る。

しかし桐生はその篤の態度をまったく気にしていないようだった。東町萬屋、勅使河原《てしがわら》篤、あとは事務所の住所と電話番号、メールアドレスが書かれた名刺をじっと見つめ、低い声で「よろしく、篤くん」と言う。ファミリーネームで呼ばなかったのは単に、長ったらしいので面倒くさかったからだろう。

慌てて「こちらこそよろしくお願いします」と返し、テーブルの端に放ってあった手帳を引き寄せボールペンを片手に開いた。何日に誰《だれ》それの家で雨漏りの修理、何日には商店街の菓子店で店番、その程度の書き込みしかないページをめくって白紙を探す。

「それで、猫を探してほしいとのことでしたが、飼い猫が逃げちゃいましたか？　まずは詳しい状況を聞かせてください」

手帳から上げた視線を桐生に向けて訊《たず》ねると、彼は僅かに眉をひそめいくらか黙ったのちに、ひとつ頷き口を開いた。さして丁寧でもない篤の口調に気分を害したというのではなく、どこからどう事情を述べればいいのか考えている表情だと思う。

ときどきの間を挟みながらの桐生の説明を簡単にまとめると、つまりこういうことらしかった。

三日前の深夜、桐生が仕事からひとり暮らしの自宅に帰ると愛猫が姿を消していた。家中探し回っても、どこにもいない。猫は基本的に室内飼いで、たまに外へ出すとしても自宅の庭で遊ばせるくらいだから、気まぐれに逃げ出したのだとしたら帰り道がわからず迷っているに違いない。

ちなみにその日の彼は早朝から家を空けていたという。従って、何時頃に猫が出ていってしまったのかは定かでない。

桐生は留守にしていたのだから当然自宅はドアも窓も閉められていたはずだ。いったいどこから逃げるのかと篤が問うたら、桐生はそこで先よりもわかりやすく眉を寄せて答えた。

「庭へ続く窓が開いていた。家を出る前に庭で煙草《たばこ》を吸ったとき、おれが閉め忘れたんだろう。そこから逃げたんだと思う」

「ああなるほど。窓を閉め忘れた記憶、あります？」

「いや。だが、おれと猫しかいない家で、おれ以外の誰が窓を閉め忘れる？　出かけるときにはいつも家中の鍵《かぎ》をかけて回るのに、あの日は急な仕事が入って急いでいたから、忘れたという覚えはなくても忘れたんだ。おれのせいだ」

それまでさして表情を見せなかった桐生が、おれのせいだ、と呟いたときにはっきりと後悔の念を浮かべたので少し驚き、また若干うろたえた。強面で男くさくて背も高ければ身体つきも逞《たくま》しい、一見取っつきにくそうな芸能人が、猫一匹消えたくらいでこんな顔をするなんて正直意外だ。

注目されている俳優とはいえ、桐生は、こうして愛猫がいなくなれば自らのミスを悔いる生身の人間であるらしい。当然ではあるが、何事にも動じず常に毅然《きぜん》としているテレビの中の石川刑事とは、ちょっとばかりイメージが違うなと思った。

失敗を根掘り葉掘り訊ねこれ以上桐生を追い詰めるのも気が引けたため、聞き取った内容を手帳にメモしてから「それで、どんな猫ですか？」と話題を変えた。篤の質問を聞いて彼はいったん無表情に戻り、そののちに片手をジャケットに入れ数枚の写真を取り出した。

差し出された写真に写っていたのは、なんとも綺麗な猫だった。長くてつやつやとした被毛の色は白とグレーのバイカラー、実物を前にしているわけではないので正確なところはわからなくても、かなりの大型種であることは見て取れる。

「ラグドールのオスだ。体重は七キロほど」

淡々とそう言った桐生に、「そりゃ大きいですね」と素直な感想を口に出した。彼はまたひとつ頷き、そこでふっと表情を緩めて目を笑みの形に細めた。

「可愛いだろう？　日本で、いや、世界で一番可愛い猫だ。そう思わないか」

ああ、この男は親馬鹿なのだ、とその目つきと発言から察した。愛猫家なんて表現ではぬるい、紛うことなく、相当の親馬鹿だ。先刻まで微笑《ほほえ》みのひとつも浮かべなかったのにそんな態度を取られたら、どこの誰にだって彼が猫を溺愛《できあい》していることはわかる。

「……はい。可愛いです。大きいから余計に可愛いですね。こんなに大きいと、世話も大変なんでしょう？　走り回ってたら簡単にはつかまえられなさそう。どうですか、やんちゃな猫ちゃんです？」

これは下手なことも言えないなと言葉を選んで、慎重に問いかけた。桐生は首を横に振り心底から愛《いと》おしげな眼差しで写真を見つめて答えた。

「そんなことはない。彼はおとなしくて従順だ、ラグドールはそういう性格の猫だ。走り回ったり飛び跳ねたりして遊ぶのはあまり好きじゃなくて、いつでもおれの膝《ひざ》の上でのんびりしている。おっとりしているから他人がちょっかいを出してもそうそう怒らない」

「こんなに大きな猫がいつでも膝の上に乗っかってたら重そうだ。で、名前はなんていうんですか？」

取りつくろうことも忘れたのか次第に、あからさまに相好を崩す桐生に対し、あなたのほうがでれでれで可愛いですよ、面白いですね、とは言わずに訊ねた。さらに自慢げに答えるのかと思ったが、桐生はそこでふと、どこか切なさを感じさせる顔をして静かに告げた。

「ミオ」

彼の表情が予想外だったものだから、咄嗟《とっさ》にはうまい反応ができなかった。先の彼と同様ひとつ頷き手帳にミオと記したのちに、ありきたりなセリフをようやく声に出す。

「ミオ……ちゃんですか。よく似合う名前ですね。可愛いです」

桐生は篤のその言葉にまず無言を返した。なにかしら感じるところがあったのか。それから顔を上げて「ありがとう」と言い、今度は心配そうな表情でこう続けた。

「ミオは最近体調を崩していた。猫には多い結石症だ。動物病院に通い投薬治療をしてようやく回復したのに、きちんとした食事をとらなければまた苦しい思いをするはめになる。再発が多い病気なんだ」

「なるほど。なら、なおさら早く見つけ出す必要がありますね。自宅から外に出てしまったミオちゃんが行きそうなところに心当たりはあります？　曖昧《あいまい》でもいいです。たとえば動物病院の行き帰りに興味を示した場所だとか、もっと単純に病院が大好きとか？」

「ない。移動は常に車だし、ミオは病院ではいつでも緊張していた。彼は家でのんびりしているのが好きだ。なのにどこへ行ったのか」

低い声でそう言ってから、桐生は小さく溜息をついた。彼の説明は隠し事もごまかしもない正直なものに感じられた。そもそも行方に見当がついているのなら、わざわざ探偵事務所を訪れたり、はてはこんなちっぽけな便利屋まで足を運んだりはしまい。

彼はいま行方不明になっている愛猫がどこにいるのかまったくわからず、ほとほと困っており、また心底心配しているのだ。ならば必ず猫を見つけ出し、彼のもとへと返してやらねばならない。ペット探しの仕事は目下百発百中、ここでしくじったら東町萬屋の名が廃《すた》るというものだろう。

大切なものを失う痛みなら知っている、と思う。どうにもならない場合ならともかく、そんな痛みを味わうものは少ないほうがいいに決まっている。

努めて明るく「大丈夫。一緒に頑張りましょう」と告げてから、手帳のページをめくり質問を変えた。

「で、ミオちゃんが逃げ出してしまったことを知ってるひとはいます？　手助けしてもらいましょう。身近な協力者は多いほうが心強いです」

桐生は篤の問いを聞いて、どう返答すればいいのか考えているらしくいったん視線を外し、少しののちに戻して淡々と言った。

「いない。おれの商売は無駄に敵が多い。おおっぴらにすれば情報を悪用されるかもしれないし、最悪ミオになにかされるかもしれない。だからマネージャーにも事務所にも教えていない」

「ああ。すみません、それはそうか」

「いまここに来ていることも、誰にも言っていない。仕事の合間に抜け出してきたんだ、だからじっくり話をする時間もない。急《せ》かすようで申し訳ないが」

つまり桐生は、迷い猫の捜索に関しては彼の名を出すことなく秘密厳守で、また対話は手っ取り早く頼むと言いたいのだろう。癖なのかまた眉をひそめた彼に首を横に振ってみせ、詫《わ》びる必要はないと示したところで、不意に携帯電話が鳴る音が聞こえてきた。

参ったな、といった様子でちらりと腕時計に目をやり、桐生はジャケットから携帯電話を取り出した。目の前で電話を受けて失礼という意味だろう、片方のてのひらを開き篤に見せ、もう片方の手で携帯電話を耳に当てる。

桐生さんいまどこにいるんですか、早く戻ってきてください、という通話相手の声は篤にまで聞こえた。芸能界には疎いのでよくわからないが、現場マネージャーだとかそのあたりか。なかなかの大声だ。

　桐生は「すぐに戻る」とだけ答えて、ほとんど一方的に電話を切った。その姿をいっとき眺め、それから篤は慌てて手帳の白紙ページを開き、ボールペンを添えて桐生の前に置いた。

　先刻の言葉通り、この男は消えた愛猫についてじっくり話もできないほど忙しいのだ。もっと訊《き》きたいことも相談したいこともある、とはいえまず今日のところは早く解放したほうがいい。

「じゃあとりあえず連絡先を教えてください。住所氏名、できれば携帯電話の電話番号とメールアドレス、絶対によそには洩《も》らさないので本名で」

「慌ただしくて悪い。今日はこれから深夜まで仕事で動けないが、またきちんと時間を取る」

「悪くないですから。そうだ、面倒かもしれませんけど余裕があるときに、なるべく早く警察署に行って遺失物届を出してください。飼い主本人が行ったほうがいいので。警察ならまわりには内緒で応対してくれます」

　早口で指示すると桐生は素直に頷き、篤の手帳にペン先を走らせた。記された住所によると、彼は便利屋事務所から車でほど近い閑静な住宅街に住んでいるらしい。近場といえば近場、そこそこ土地勘がある場所で助かったと内心ほっとする。また、桐生というのは芸名でなく本名であるようだ。

「後日こちらから電話します。忙しければ無理して出なくていいですが、留守番電話にメッセージが残せるようにしておいてもらえると助かります」

「わかった。待っているのでよろしく」

桐生は短く言い残し、猫の写真を応接間のテーブルに置いて足早に事務所から去っていった。先の電話で焦ったのだろう。仕事場に迷惑をかけたくない、と同時に、不自然な行動を取ることで愛猫失踪《しっそう》の一件が露見するのを危ぶんだのではないか。敵が多い、悪用されるかもしれないと言ったのは桐生本人だ。

手帳を手に文房具やら書類やらが散らばる事務机に座ると、応接間での会話を聞いていたらしい知明から「大丈夫なんですか？」と不安げに問いかけられた。庭へと続く閉め忘れた窓、他人にちょっかいを出されても怒らないほどおっとりした猫、頭の中で情報を整理しながら頷いてみせる。

「大丈夫。おれはペット探しは得意だ。いつだったかおてんばな佐藤《さとう》さんちの猫も、怒りっぽい原田《はらだ》さんちの犬もちゃんと見つけたろ」

「篤兄さんの腕は信用してますけど、依頼主はあの桐生博之ですよ？　商店街のおばさんおじさんじゃないんですよ？　もし見つからなかったらやばいんじゃ」

「見つけるんだよ。だから知明も協力してくれよな。おれは、誰かの大事なやつがいなくなるのはいやだ。相手が芸能人だろうが近所の顔なじみだろうが、同じだろ」

積み重なる書類の中からさっそく地図を引っぱり出しつつ言うと、知明は溜息交じりに「同じですか。まあいいです」と零《こぼ》した。注目の俳優という肩書きに臆《おく》さない叔父に呆《あき》れ半分なのだろうが、いやがっている口調ではないので、協力してくれという頼みを断る気はないようだ。

まずあれをして、次にこれをして、黙ったまま計画を練りながら目をやった壁がけ時計は十六時二十分を示していた。つまり桐生がこの事務所にいたのは、たったの三十分ほどということになる。

世界で一番可愛い猫だ。篤に写真を見せてそう言った桐生の、緩んだ眼差しをふと思い出した。幾度かテレビで見た強面刑事の素顔に、心があたたかくなるのを感じた。

あの男には愛するものがいるのだ。

それから気を引き締め、桐生が残した猫の写真と地図、イグニッションキーを手に立ちあがる。さてでは仕事開始だ。ミオが姿を消したのは桐生によると三日前、動物は案外と丈夫でそう簡単に命を落とすことはないにせよ、体調も悪かったそうだし事故だとかの万が一がないとも言い切れない。ならばさっさと行動したほうがよい。

愛するミオが自らのもとに戻ってきたら桐生はどれだけよろこぶだろう。愛猫を抱きしめて、無表情も忘れ嬉しそうに笑うのか。そのときの彼の顔を見てみたい、雑居ビルの狭い階段を下りながらそんなことを思った。

事務所をあとにしたその足で、篤はまず保健所と動物管理事務所を訪れた。ペット探しの仕事ならばまま引き受けるから手順は知っている。

所員に写真を見せても期待していた反応は得られなかった。迷い猫としてすでに届けられているなんて幸運はさすがにないようだ。そうしょっちゅうは見かけない七キロもある大型猫なので、保護されていればすぐにわかるだろうから、いまのところミオは関係各所にはいないということになる。

写真のカラーコピーを渡し、目にしたらすぐに教えてくれと便利屋事務所の連絡先を伝えた。とりあえず第一段階はここまで、次は現場だ。

教えられた住所を頼りに車を運び、桐生の自宅近くへ辿りついたのは十七時すぎだった。九月のはじめ、まだあたりは明るいから下調べをするのに不都合はない。

住宅街の外れに発見したコインパーキングに車を停《と》めて、桐生の自宅を見に行った。家の中までは見られなくても、建物の大きさやあたりの環境といった諸々《もろもろ》を早い時点で把握していたほうが迷い猫探しには有利だ。

桐生の自宅は、篤の想像を裏切る地味な木造一戸建てだった。門の外から見る限り、ひとり暮らしではかえって手間がかかるのではと思うほどには広そうだったが、なかなかに古めかしい。建てられてから二十年以上はたっているのではないか。敷地内に駐車場がないのは、家屋や庭に土地を使いたかったからだと思われる。

知明によると、桐生は現在舞台のみならずドラマや映画にもしばしば顔を出す注目の俳優であるらしい。高級で洒落《しゃれ》たぴかぴかのデザイナーズハウスにでも住んでいそうなのに、意外ではある。

それから三十分ほどかけて、桐生の自宅周辺をざっくりと見て回った。本腰を入れて捜索をするにはいくらか道具も必要なので、今日のところは下見だ。

住宅街の家々はゆとりをもって建てられており、ところどころに近隣住人が使うのだろう駐車場があった。名前も知らない綺麗な花が咲いた植え込みも多々見られる。

経験上、室内飼いの猫は家出をしてもそれほど離れた場所には行っておらず、好奇心で逃げたはいいものの怯《おび》えて狭い隙間《すきま》に隠れていることが多い。家と家のあいだ、車の下、植え込みの中と、こんな土地ならば身を潜める場所は山ほどありそうなので、根気強く探せば見つかる可能性は高いだろう。

ひと通り住宅街を歩き状況を確認してから、ピザを買って便利屋事務所へ戻った。店番ついでに伝票整理をしていた知明は、篤が手にしているピザの箱を見つけてたいそう嬉《うれ》しそうな顔をした。普段は十八時頃には家へと帰るアルバイトを引き止めるには、これくらいの褒美を用意すべきだろう。

知明は姉の息子だ。姉には三人の子どもがおり、高校二年生の知明が長男だ。部活には入っておらず、学校が終わると真っ直《す》ぐに篤の切り盛りする便利屋へやってくる。信用のおける身内ということもあり、本人が了承さえすれば比較的遅くまで仕事を手伝ってもらえる。

大工の真似事《まねごと》も掃除も洗濯も、大抵の仕事は難なくこなせるが、篤はデスクワークが苦手だった。ついでにテレビやパソコン、インターネットまわりの事情に疎い。対して知明はそのあたりに詳しいようなので、頼れるところは素直に頼ることにしている。

「知明。まずはしこたまピザを食え。で、そのあとちょっと仕事の手助けをしてくれないか」

ざっとデスクを片づけてピザの箱を置き声をかけると、知明はいかにも腹が減ったという顔をして篤の手もとを覗き込んだ。小生意気な面がないわけではないにせよ、こういうところはいたって普通の高校生だ、賢い子犬みたいで可愛いものだと思う。

「いいにおい。この事務所お菓子もないし、店主がいないのでおやつの買い出しにも行けなかったから、僕いまおなかぺこぺこですよ。それで、なんのピザですか？　おいしいやつなら手助けしないでもないです」

「チキン……チキンなんとか？　あとベーコンなんとかが半分ずつのってるやつ」

「完全に肉食だ。栄養が偏るので、篤兄さんはもっと野菜を摂取するって意識を身につけたほうがいいですね。でもおいしそうです。しかたがない、餌《え》づけされましょう。ちゃんと手助けしますから遠慮なく食べますよ」

箱を開け促してやると、小言を言いつつも知明はさっそく手を伸ばしてピザに嚙《か》みついた。本当に腹が減っていたらしく両手をべたべたにしてピザを頰張《ほおば》る知明を眺め、なんでもうまそうに食べる人間は見ていて気分がいいなとどうでもいいことを考える。

自分はペットボトルの炭酸飲料を飲みながら、知明に頼みたい仕事を説明した。単純にいえば、桐生の自宅近辺に配る迷子猫のチラシを作ってほしいというだけのものだ。そんなことはおのれでやれと言われそうだが、残念ながらセンスのかけらもないので、チャレンジしてもすぐに捨てられそうなみっともないチラシにしかならないだろう。

「写真と、ここの連絡先。大きさとか性格とか、猫の特徴もわかりやすく書いてあるといいな。あとは猫の名前だ、赤の他人の声でも呼べば反応するかもしれないから」

もぐもぐと口を動かしながら篤のセリフに何度か頷き、了解、と示した知明は、宣言通り遠慮なく二人前のピザをひとりで平らげたあとすぐにパソコンの前に座った。桐生が残していったミオの写真を携帯電話で撮影し、そのデータをパソコンに取り込んで、篤が指示した通りのチラシを手際よく作っていく。

最近の高校生はみなこうした作業が得意なのか、それとも知明が普通以上に長じているのか。自分なら教えられてもできないし、仮にできたとしても三日くらいはかかりそうだと、彼の後ろからパソコンのモニタを眺め感心した。

「チラシ配りも大事ですけど、ネットもチェックしたほうがいいですよ」

あっというまに仕上がったチラシのデータファイルを保存し、さっさと帰り支度をしながら知明が言った。

「迷子猫を保護したひとがＳＮＳに写真を投稿して、拡散希望、なんてやってることも多いですから。なぜかＳＮＳをやる層って猫好き多いし、運がよければ情報が流れてくるか

猫を探してい

も」

「ああ。そうなのか。で、ＳＮＳってなんだっけ？」

「ソーシャルネットワーキングサービス……いえ。篤兄さんにそんなの期待した僕が馬鹿でした。時間があるとき僕が見ておくんで、今度はおいしいラーメンを食べさせてください。チャーシューが五枚くらいのった豚骨がいいです。あとゆで卵」

説明しかけていったん言葉を切り、それから知明は諦《あきら》めたように続けた。なんだかんだいってもこの青年は面倒見がよいと思う。パソコンを開いても表計算ソフトで帳簿をつけるのが精一杯という、時代遅れの叔父を放っておけないらしい。

「そいつは助かる。ＳＮＳとやらはおまえに任せた。とびっきりうまいラーメン屋に連れていくから、好きなだけ替え玉していいぞ」

投稿、拡散、ソーシャルネットワーキングサービス？　頭の中に散らばる疑問符は知明に丸投げすることにして声をかけると、頼れる甥は「はいはいお任せください所長様」と呆れたように答えた。彼にしてみれば嫌みのつもりなのだとしても大して嫌みに聞こえないのは、身内であるがゆえの心安さがあるからだろう。

車で自宅まで送ると申し出たが、途中でコンビニに寄るのでいいです、なんてセリフであっさり退けられたので、事務所を出ていく知明の背をひとり見送った。それから、できあがったばかりのチラシを必要枚数プリントした。精密機器には弱くても、さすがにプリンターくらいは扱える。

猫を探してくれないか、か。

チラシの束を鞄《かばん》にしまいながら、世界で一番可愛い猫だと言ったとき、それから、ミオ、と名を告げたときの桐生の美貌をなんとなく思い出した。笑みの形に細められた目、そして切なげな表情、前者はともかく後者はいまいち意味がわからない。

いい名前だろう、似合うだろうと惚気《のろけ》るなら理解できるのに、どうして彼はあんな顔をしたのか。

少なくともこの事務所にいるあいだ、桐生はなにをも演じていなかった。素だったと思う。もしかしたらあの親馬鹿俳優には、まだ便利屋には打ち明けられないなんらかの事情があるのかもしれない。

翌日火曜日の朝、便利屋事務所から桐生に電話をかけた。

応接間での様子を見た限り、桐生が本気で猫の心配をしているのは事実なのだろう。ならばまずは現在の状況を伝え今後の方針を説明してやったほうが、彼もいくらかは安心できるに違いない。こういうときには留守番電話にメッセージが残っているだけでも心強いものだ。

昨日は深夜まで仕事だと言っていたからまだ寝ているか、もしくはそこそこ多忙な俳優のようだからすでに今日の現場に入っているかと思ったのに、留守番電話サービスのアナウンスを待つまでもなく呼び出し音はすぐに途切れた。電話がつながるなんてまったく想定していなかっただけに、びっくりした。

「お、はようございます。東町萬屋です」

心の準備ができていなかったため、不覚にも声がひっくり返ってしまう。回線の向こうの桐生は、それを気にもしていない調子で篤に応《こた》えた。

『桐生です。おはよう、篤くん。なにかわかったのか。ミオは見つかったのか？』

「いや、すみません。まだです。ミオちゃんについてまずはわかった、と言いますか、わからないことがわかったので、ちょっと相談をさせてもらえればと」

桐生の冷静な口調の裏に、ほんの僅かであれ隠し切れない期待が見え隠れしていたので、申し訳なさを感じながら返事をした。姿を消してから三日間戻ってこない猫が、便利屋に依頼した途端に見つかるわけもない、と桐生も理解はしていようが、それでももしかしたらと慌てて電話を取るだけ急いているのだろう。

篤が、現時点で保健所や動物管理事務所にはミオは届けられていないこと、もし目にしたらすぐに便利屋へ連絡してもらえるよう手配したことを告げると、桐生は短く「そうか」と答えた。あからさまではないにせよ消沈した声にまたの心苦しさを覚え、これはなにがなんでもミオを見つけてやらなくてはと決意を新たにする。

名が廃るとか沽券《こけん》に関《かか》わるとか、もうそんな問題ではない。この男のがっかりする声を、何度も聞きたくはない。

ミオがどこからどのように逃げ出したのかがわかれば捜索のヒントが得られるかもしれないから、自宅の中を見せてくれないかと頼むと、桐生はすぐに了承した。いくら相手が便利屋であれ、芸能人ならそう簡単にはプライベートを他人に明かすまいと予想していたので、あっさりとした桐生の返答に再度驚いた。

駄目元だとしても言葉を尽くして説得するつもりだったのに意外だ。誰に私生活を見られても構わないから、なんとしてでも手がかりが欲しい。そう願うほど彼はいま真剣にミオを心配しているということだろう。

仕事の都合を訊ねると、桐生は、昨日の撮影が遅くまでかかったため今日の午前中はオフだと答えた。ならばいまからうかがいますと半ば一方的に告げ、篤はさっそく車を出した。便利屋事務所でもばたばたと忙しそうにしていた桐生が休みだなんて貴重なチャンスは逃せない。なによりこの手の仕事は早く進めたほうがいいのだ。

　昨夕と同じく住宅街外れのコインパーキングへ車を停め、桐生の自宅へ向かった。朝の陽で見ても、俳優が暮らすには不似合いなほど古めかしい家だなという印象は変わらなかった。普通の会社員家族が住んでいそうな住宅だ。

　鍵のない門の横にあるインターホンを押して名乗ったら、『ドアはロックしていないから勝手に入ってきてくれ』という桐生の声が聞こえてきたので、指示に従いおそるおそる門を横に引いた。それから、さらにおそるおそる家のドアを開けると、すぐに桐生が姿を現した。

「おはよう。手間をかけさせて申し訳ない」

　改めて挨拶《あいさつ》され、慌てて「おはようございます」と返し小さく頭を下げた。オフだからだろう、今日の桐生は昨日よりもラフな格好をしていた。ジャケットもよく似合っていたが、いかにも力の抜けたシャツを着ていてもさまになるなんて大したものだなと、腹の中でつい唸《うな》る。

　差し出されたスリッパを履き廊下を踏んだ。招き入れられたリビングには、外観から想像していた以上に生活感があった。柱に細かい傷があるし、二台向かいあうソファやそのあいだに置かれたローテーブルなどの家具もそこそこ古いものに見える。俳優の自宅というよりは、やはり普通の家族が長年住んでいる家といった印象を受けた。

　現在はひとり暮らしなのであれ、以前は家族と住んでいたのではないか、と推測はできた。しかし口には出さなかった。昨日はじめて顔を合わせた客にそう突っ込んだことを訊ねるのは不躾《ぶしつけ》であるし、迷い猫探しの仕事には関係もなかろう。

「そうだ。昨日は慌てていたものだから金の話をしなかった。君の能力を言い値で買おう、いくらかかっても構わない。金額は？　現金でいいならいま渡す」

　部屋の中をきょろきょろと見回していると、背中から桐生にそう声をかけられた。思わずはっと振り返り、慌てて胸の前で両手を振り答える。

「ああ、そうか。おれこそ説明するの忘れてましたけど、そんなに取らないですよ。安くて早くて確実にが売りなんで。あと、うちは完全成功報酬制だから、ミオちゃんが見つかってからもらいます」

「そういうわけにもいかない。なにをするにも金はかかるんだし、いくらかでも先に渡しておいたほうが気が楽だ。おれは君がミオを見つけ出してくれると信じているから無駄にはならない」

「……困りましたね。じゃあ、最低限の必要経費だけもらいます」

いらない、あとでいいと言い張っても桐生が頷かないことはわかったので、少し悩んでから折衷案を提示した。東町萬屋が完全成功報酬制なのは事実であり、万が一仕事に失敗したら一円たりとももらわない方針だが、失敗したら、という可能性をいま桐生に示すのは酷なのだろう。

とはいえ最低限の必要経費なんて、ガソリン代、プリンター用紙代、考えてもそれくらいしか思いつかない。とりあえず一万円札を一枚だけ受け取ると、桐生は幾分か不服そうな顔はしたものの、諦めたのかそれ以上は言わなかった。

「で、開いてた窓っていうのはどこですか？　見せてもらえます？」

金を財布にしまって本題を切り出したら、桐生はひとつ頷いてリビングを突っ切った。彼が足を止めたのは、奥にある畳敷きの部屋へと続く陽当たりのよい短い廊下だった。床から天井まで窓になっているから、ひなたぼっこをするにはちょうどよさそうだ。庭に続く窓、と事務所で桐生が言った通り、外は芝生のはられた広い庭になっている。

「この窓だ。陽射しがあたたかいからか、ミオはこの廊下で昼寝をするのが好きだ。彼が家の中を好きに行き来できるように部屋のドアは常に開けっぱなしだから、いつも通りここでのんびりしているとき窓が開いていることに気づいたんだろう」

「なるほど。桐生さんが見たときはここの窓、どれくらい開いてました？　がらっと全開？」

「いや。せいぜいこれくらいか」

桐生は片手を伸ばし実際に窓を開けてみせた。幅としては五十センチメートル強、これだけ開いていれば人間だって普通に出入りできるので、もちろん猫も好き勝手に通れる。

許可を得てからまずじっくりと、廊下と窓を観察した。真新しい傷や汚れは見当たらず、外から無理やり窓がこじ開けられた様子もない。

「桐生さんは庭で煙草を吸っていたんでしょう、そのときに窓を閉め忘れたかもしれないんですよね。煙草を吸うタイミングとかって決まってますか？　気まぐれ？」

左右に開いているカーテンに手をかけ、そこにも不自然なほころびや皺《しわ》がないことを確認しながら問うた。自身のミスへの後悔を思い出したのか、桐生は隠し切れない苦渋の滲む低い声で答えた。

「いくら庭に出たってどうしても服ににおいがつくので、家ではほとんど吸わない。おれはもう麻痺《まひ》しているが、ミオにとってはきっとあまりいいにおいじゃないんだろう。だから仕事へ行く前に一服するだけだ、どうせすぐに家を出て長く留守にする」

「そうですか。じゃあいま一服してくれます？　いつもと同じ場所で、いつもと同じように」

特に理由は説明せずに頼むと、桐生は幾度か目を瞬《しばたた》かせた。篤が発した言葉の意味がわからなかったらしい。しかし彼はなにも問わずにいったんリビングへ戻り、煙草とライター、しっかり蓋《ふた》が閉まる灰皿を持ってきてくれた。

いまは使っていないのだろう古いサンダルを借りて、ふたりで窓から外に出た。要求した通り庭の片隅に立ち黙って煙草をふかす桐生の姿をしばらく眺め、それからそっとまわりを視線で辿る。

世間に知れている顔を見られたくないということか、庭をぐるりと囲う塀にはあとから高く積み直された形跡があった。これでは外から桐生の姿を確認するのは不可能だ。とはいえ敷地のそばで注意深く観察していれば、もしくは離れていても双眼鏡等を使って監視していたら、立ち上る紫煙には気づくかもしれない。

つまり、そう望むものがいたら、桐生が庭で煙草を吸っているのはわからないでもないというわけだ。

しかしわかったところでそれがなんだ？　桐生が一服するのは仕事へ出る前だから、ようするに彼が煙草を吸っていると気づけば、同時にこの家が留守になるタイミングも推測できる。だが、仕事へ出る前、という習慣を知らなければ単に家人が煙草を吸っているなと思うだけだ。

「桐生さん。あなたがこの家でいつ煙草を吸うのか知ってるひとはいます？　親しい友達とか」

念のため訊ねると、桐生は少しのあいだ思案する様子を見せてから短く「いない」と答えた。ならば考えすぎか。彼と同じく幾ばくか黙って思索を巡らせ、ついでにもうひとつ問いを口に出す。

「じゃあ、あなたが猫を飼っていると知ってるひとは？」

「おれを知っている人間なら大抵知っているんじゃないか。あちこちのインタビューで可愛いラグドールを飼っているんだと自慢しているから」

「ああ。すみません、おれはめったにテレビ見ないんで俳優さんとか疎いんです」

なんとなくの申し訳なさを感じて詫びると、無言で小さく肩をすくめ桐生は篤のセリフを流した。まったく気にしていない、というより、自身を注目の俳優だと認識していない人間を前にして、この男はおそらくちょっとした開放感を味わっているのではないか。そういう気楽な態度だと思う。

誰もが知っている親馬鹿、その愛猫が消えた。妙な引っかかりを感じないでもない。だが、ミオの行方不明に他人の意思が介在しているとも思えないし、そもそもひと握りの関係者以外には桐生の自宅がどこにあるのかもわかるまい。

許可を取ってから庭の隅々まで見て回った。しかしこれといって不自然な点は見受けられなかった。高い塀の合間に設置された裏門の真下に一対の靴跡を見つけはしたが、敷地の外へと向かっているので、桐生がこっそり外出する際に残しただけだろう。庭には誰かに荒らされた形跡もないから、表門同様鍵もない裏門とはいえ、そこからの他人の侵入を示唆するものではなさそうだ。

やはりこの引っかかりは気のせい、考えすぎだ。家の様子を見る限り、桐生の言うように閉め忘れた窓から庭へ、庭から敷地外へ、ミオが自ら逃げたと判断するのが妥当だ。いくら大型種とはいえ猫であれば、表門でも裏門でも下部の隙間からひょいと外に出るのはたやすい。

「桐生さんと一緒にいるときは、庭で遊んでいてもミオちゃんは逃げ出そうとしないんですよね？」

最後にそう質問したら、篤が庭をうろつく様子を文句も言わずに眺めていた桐生は、静かに「しない」と答えた。

「彼はとてもおとなしい猫だ。庭にいてもおれの足もとにじゃれついたり玩具《おもちゃ》で遊んだりするだけで、派手に駆け回ることも外に出たがることもない。だが、もしかしたらミオは、心の中ではもっと自由が欲しいと思っていたのか。おれが彼を縛っていたのか？」

ふと、僅かばかり哀しげな表情を浮かべた桐生に、かける言葉は見つからなかった。そんなことはないですよと言ってやりたくても、自分はミオではないのだから正確なところはわからない。

桐生はすぐにその表情を消し、庭の観察を終えた篤とともに窓から屋内へと戻った。彼が感情をむき出しにしないことに少しほっとし、また少しのさみしさを覚えた。泣きわめかれたところで対処の方法は知らないが、本当は彼はいま泣きわめきたいくらいの気分であるに違いない。そうできないだけ理性的であるのはきっと苦しいだろう。

早くミオを見つけ出して、桐生のもとに返してやりたい。安堵《あんど》の笑みを見せてほしい。幾度か胸に湧いたその感情は、単に仕事だからというだけではないと思う。

桐生の自宅を去る前に、ミオのお気に入りの玩具と、外出時に使うキャリーケースを預かった。猫自身や家のにおいがついているものがあったほうが迷子猫を探すのには都合がいいし、キャリーケースがあれば見つけた際にすぐ保護できる。

「じゃあこれで。全力で頑張りますからあまり気を落とさないでください。なにかあったらすぐに連絡します。ああ、もし仕事に行くまでまだ時間あるなら、桐生さんはできれば警察署へ遺失物の届出に行ってくださいね」

玄関で靴を履きながら努めて明るく声をかけると、そこで不意に腕を掴まれたので、驚いた。思い起こすまでもなく桐生が篤に触れたのはこれがはじめてだ。

「ミオはおれにとって大切な存在なんだ。ミオしかいないんだ。だから、どうか見つけ出してくれ。おれはもう、失いたくない」

ついびくっと身体を強《こわ》ばらせた篤に言いつのる桐生の声は、ひどく真剣なものだった。黒い瞳もまた真摯《しんし》な色を帯びていて、ああ、この男は本気だ、本気で自分を頼り縋《すが》る気持ちでいるのだなとわかった。

感情をむき出しにしない、できない。だとしても、桐生は篤相手に思いをすっかり隠してしまうつもりもないのだろう。

もう失いたくない。その言葉がなにを意味するのかはいまいち理解できなかったが、ここで追及するのもおかしいか。あえては訊かず桐生と同様真剣に、かつ力強く「もちろん見つけ出します」と返しながらも、篤の胸に湧いたのは動揺、あるいはときめきのようなものだった。

強く腕を摑む桐生のてのひらが、あたたかい。この美しい男には体温があり、確かに生きているのだと、いまさらながらに実感する。

それにこんなにもどきどきと胸が高鳴るのは、なぜだろう。

桐生の自宅をあとにしたその足で、篤はさっそく持参したチラシを近辺の住宅へ配って回ることにした。

インターホンを鳴らし、住人が顔を出してくれれば猫を探しているのだという事情を告げチラシを渡す。反応がない家には郵便受けへチラシを入れておく。連絡先として記載してあるのは便利屋の住所電話番号だけなので桐生の名は出ないし、こうしておけば見慣れない顔が近所をうろうろしていても怪しまれずにすむのだ。

自宅を去る際に訊ねたら、この古い家が桐生の住まいであると知っているのは、古なじみのごく近隣二、三軒だけだと教えられた。ならば、名の知れた俳優である彼では近所を訊ねて回ることも探して歩くこともろくにできまい。騒がれたら無駄に個人情報が漏洩《ろうえい》してしまう。

ミオが逃げ出したと気づいたとき、おのれがどう動けばいいのかわからず桐生は途方に暮れたに違いない。自身では動けないし、弱みになるから誰にも明かせない。彼には秘密裏に動いてくれる探偵事務所や便利屋を訪ねるしか方法がなかったのだ、頼れるものは他にいないのだ、と思えばなおさら捜索にも気合いが入る。

ミオの好きな玩具とキャリーケースを手に、優しく名前を呼びながら桐生の自宅近辺を歩いた。積極的に遊び回る猫ではないようだし、昨日も考えたようにミオはそう遠くには行っていないだろう。こういう場合は、猫が潜んでいそうな場所を、時間を変えて何度も何度も粘り強く探すことが重要だ。

ミオは室内飼いの猫なので、家の外に出たはいいもののきっと怯えていると思う。だから敵ではないよと示すために可能な限り穏やかに声をかけつつ、家と家のあいだや車の下、植え込みの中と、目星をつけていたところを丁寧に探って回った。

しかし、しばらくうろついてもミオの姿を見ることはかなわなかった。夜まで粘ってから、今日のところはここまでかと車に玩具とキャリーケースを積んで便利屋事務所へ向かう。捜索からたった一日で迷い猫が見つかることなんてめったにないのだし、がっかりするのはまだ早い。

事務所の電気は消えていた。時間が時間なのでもう帰ったようだが、知明がやってきて店番ついでに掃除をしてくれたのか、机の上に散らばっていた資料が整えられている。書き置きの類《たぐ》いは見当たらないから、特に新規の依頼は入っていないらしい。

苦手な事務処理をいくつか片づけ、ミオの玩具とキャリーケースは事務所に残し、三年前から住まいにしているアパートへ戻った。冷蔵庫、テーブルと万年床、ろくにつけもしないテレビくらいしかものがない狭い部屋に鞄を投げ、雑にシャワーを浴びる。

　メールの着信音が鳴ったのは、遅い夕飯にカップラーメンを食べているときだった。私用の携帯電話なので仕事の連絡ではない。

　この時間に誰だと首を傾《かし》げつつ液晶画面を見ると、知明からのメールが届いていた。内容は、桐生さんがドラマに出ているからたまにはテレビを見たらどうですか、というどうでもいいようなものだった。

　返信はせず携帯電話を放り、少し迷ってからテレビをつけた。無駄な情報は頭に入れたくないし、ひとりでいるときくらい静かな空間にいたいので、必要がなければテレビのリモコンは手に取らない。それでも、桐生が仕事をしている姿はちょっと見てみたいとなぜか思った。

　メールで教えられたチャンネルを表示すると、ちょうど桐生が喋っているシーンが映し出された。その手のものに疎い篤でも知っている有名な刑事ドラマを放送しているらしく、桐生は石川刑事と呼ばれていた。そういえば、はじめて事務所を訪れた彼を前にうっかりその名前を声にしたなと思い出し、ひとりすわりが悪くなる。

　桐生はいかにも毅然とした態度で、芸名も役名も知らない誰かと話をしていた。この強面刑事が一番人気のはまり役だと言っていたのは知明だったか。確かに、男くさくて威圧感のある彼の容姿が役柄にフィットしているかもしれない。

だが、石川刑事は桐生本人ではない。いまこのドラマを見ている人間がどれだけいるのかは知らないが、その事実を実感として知っているものはあまり多くないだろう。そう考えると妙な優越感みたいなものが湧いてきて、自分に戸惑った。

たとえば長身の彼を見あげるとき目に映る顎《あご》のライン、黒く艶のある髪や瞳のレンズを通さない実際の色、すぐそばに立ってこそわかる滴るような色気。テレビの中にいる石川刑事が充分に魅力的でも、あくまでもモニタの向こう側の人物、かつ俳優が演じている架空の男であり、生身の桐生にはかなわない。

しかも彼は、愛猫の可愛らしさを語るときには、飼い主であるあなたのほうが可愛いでしょうよと言いたくなるほど相好を崩し、その猫が行方不明になれば心配そうな顔もするのだ。無表情でいることが多い、とはいえ実はなかなかに人間くさい男だと思う。

そして、ひどく真剣な顔をして、強い力で、この腕を掴んだ。

不意にあのときの胸の高鳴りを思い出し、途端に身体中がむずむずしはじめた。桐生には体温があり確かに生きている。てのひらのあたたかさを感じ、いまさらながらにそうはっきりと肌で理解したことを覚えている。

知らなかったその感覚に、正直に表現するならば、自分はときめいたのだ。

力なく首を横に振り、蘇《よみがえ》った桐生の手の感触を意識から追い払った。いままで誰に触れたって、抱きあったって感じたことのなかった高揚に、なんらかの名前をつけてしまうのは怖い気がする。忘れるが吉だ。

篤の恋愛対象、かつ性的対象は物心ついたときから同性だった。自分がいわゆるゲイであるという事実に悩んだ時期もあるにはあったが、ほんのいっときだったように記憶している。

もともとぐじぐじと悩むタイプの人間ではないのだ。いつまでもひとり膝を抱え唸っていたところでなにも解決しない。他に選ぶべき道もなく選びたいとも思えず、またどうにもならないことならば、さっさと開き直ったほうが楽であり建設的だ。

高校を卒業してすぐに就職した探偵事務所を辞めたのも、他の選択肢を取ることができなかったから、というより取りたくなかったからだった。しかし悲観はしなかったし現実を恨みもしなかった。あのときの自分の判断が間違っていたとも思わない。

ふたりのあいだに一男一女の子どもを授かった両親は、篤が十四歳のころに離婚している。中学生にはよく理解できずとも、決して円満な別離ではなかったことはさすがにわかった。

以来父親には一度も会っていなかった。それが、もう結婚して家を出ていた姉はともかく、まだまだ成長途中だった篤をひとりで育ててくれた母に対する誠意であると考えたからだ。

母親には感謝している。だからこそ三年前に彼女が病に伏したとき、仕事を辞めて看病に専念することを決断した。残り少ない命であるなら慣れ親しんだ家で終わりを迎えたいというのが彼女の望みだった。

姉には三人の子どもがおり家事と育児で手一杯だったし、ならば自分が母親をきっちりと看取るべきだろう。苦労をしてきた女性なのだ、せめて最期くらいは穏やかにすごしてほしい。そのためであれば職を手放そうとのちの生活に困ろうと構いはしなかった。

病気が発見されてから、母親は半年ももたなかった。それでも息を引き取るときには笑ってくれたので、なおさら自分の取った行動に後悔は感じなかった。

母親が亡くなったときに実家は処分し、顔見知りの不動産屋に頼んで安アパートを借りた。父親はいないも同然、姉はとうに家を出ていたし母が死ねば篤ひとりきり、ならば一軒家を維持する理由もない。

そのときの金を使って雑居ビル二階にちっぽけな事務所を構え、篤はひとりで便利屋をはじめた。当時二十五歳、自分の事務所を持つのには若かったのかもしれないが、探偵事務所に勤めていたときの経験が役立った。

能力を買ってくれていた探偵事務所の所長からは、戻ってこいと再三言われた。それをあえて断ったのは、母が病床にある際に食事を差し入れてくれたり車椅子《くるまいす》を押してくれたりと、あれこれ世話を焼いてくれた地元東町の人々の役に立ちたかったからだ。

どこかの組織に所属したいとか安定した給金を得たいとか、その手の欲はない。自分には、地域に密着したこぢんまりとしたなんでも屋さんくらいが性に合っていると思う。

探偵事務所に勤めていたころには恋人がいたこともあった。しかし現在は恋愛には無縁だ。甥に手伝いを頼んでいるとはいえ、ほぼひとりで便利屋を動かすのは案外と忙しく、街へ出て恋の相手を探すどころではない。地元では出会いもないし、そもそも、いってしまえばこうも狭い世界でマイノリティであることを知られるのはさすがにリスキーだと思う。

だからもう三年は、誰かに対してときめきなんてものを覚えていない。

なのに今日、自分は桐生のてのひらに、ときめいたのか。

どうにもならない性的指向なら開き直って認めてしまえ、やけっぱちではなく素直にそう思っている。とはいえもちろん相手は選ぶ。注目の俳優に腕を掴まれ覚えたときめきなんて、それこそどうにもならないのだから、腹の中で握り潰《つぶ》すべきだろう。

気づいたら、半ばぼうっと眺めていた刑事ドラマは終わっており、テレビモニタには特に意味もないバラエティ番組が映っていた。もやもやとした気分を溜息で追い払い、リモコンを摑んでテレビを切る。

すっきり、さっぱりと、なにに囚《とら》われることもなく生きているつもりだ。多分昨日までの自分はその通りすっきりと生活していた。なのにいま、らしくもなく心が揺れ動いているのはなぜだ。

桐生、か。まともに名前さえ知らなかった男に、たった一瞬の接触で、こんなふうに感情を掻《か》き乱されるなんておかしな話だと思う。


「桐生さんが主役の刑事ドラマがシリーズ化したのは、もうずいぶんと前です。調べたところによると、最初から馬鹿みたいに視聴率取れてたみたいですからね。昨日の夜篤兄さんにメールした、石川刑事が出てくる例のドラマですよ」

翌日水曜日の夕刻に便利屋事務所へやってきた知明に、桐生さんはつまり何者なんだと訊ねたら、彼はさらさらとそう説明しはじめた。特に芸能人に詳しいというよりこの甥は、知らないことがあればなんであれすぐに調べる種類の人物なのだと思う。

「八月にシリーズ五期がはじまったばかりなんで目下撮影中でしょう。同時に、十一月公開予定の主演映画も制作中だから、桐生さんはいま大忙しですね。ドラマや映画の情報番組とか雑誌とかにもちょいちょい出てますし」

「へえ。俳優ってのは大変なんだな。そういうの、わざわざ調べてくれたのか？」

「ええまあ、ちょっとは。こんなところにあんな有名人が来たってのに、店主はびっくりするほどなんにも知らないし、せめて僕がいくらかは把握してないと」

溜息交じりに零された知明のセリフに、はは、と軽く笑っておいた。なにも知らないのはその通りだし、こうしてあれこれと教えてもらえるのはありがたいのも事実なので、文句の言葉も返せない。

冷蔵庫からペットボトルの烏龍茶《ウーロン》を取り出し放り投げると、危なげなくキャッチしてひと口飲んでから知明は続けた。

「現在三十八歳、独身、出身地は東京。ああ、僕が知ってるのはあくまでもネット上の情報だけですよ、真実じゃないかもしれない。でも、みんながネット情報を鵜呑《うの》みにすれば、それがみんなにとっての真実になっちゃうんです。恐ろしい世の中ですよね」

「そんなもんか？　おれにはよくわからん。で、他には？」

「そうだなあ。プライベートなところだと、僕が見た限り結婚歴はないようです。ただ、三年前に、とある女優さんと内密な交際関係にあるんじゃないかって報道されたことはあるみたいです。お節介なワイドショーあたりが好きそうな話題ですね」

知明から聞かされた意外な情報につい首を傾げ、それから短く再度「へえ」と返した。女優との密かな交際を騒ぎ立てられるタイプにも見えないが、強面刑事が売りの俳優とはいえ桐生もただの人間なのだし、誰かと恋をしたりうっかりそれが露呈したりといった過去があってもおかしくはない。

「ま、破局したのか単に事実無根だったのか、その話題はすぐに消えたようですけど」

雇い主とアルバイトという前に、長いつきあいになる身内でもあるから、篤が覚えた違和感を知明も察しはしたと思う。しかしそれについては特に言及せず彼は言った。

「それから現在も、誰かと熱愛中なんじゃないかという噂《うわさ》があります。うまく隠してるのか圧力をかけて口を封じてるのかはわかりませんが、まだ相手の名前は出てません。とはいえ本当に熱愛中ならいずれ相手も知れますよ、えげつない週刊誌は数あるし」

知明のセリフに、今度はつい眉をひそめた。先ほどはそこまでは感じなかったなんともいえない苦みみたいなものが、腹のあたりから喉もとにこみあげてきて無視しようにも無視できなくなる。

現在も、か。過去ならともかく、いま、彼が誰かと恋愛関係にあることが自分は気に入らないのだろうか。だからこんなふうに苦みを感じるのか？

　事務所の応接間でも、桐生の自宅でも、彼の口からはその手の話は出ていない。俳優がただの便利屋におのが恋愛事情などを説明する必要はないし、そもそも彼の依頼は猫探しでありそんな情報は関係がないのだから当然ではある。そう理解はできても、自分がダメージを受けたことは否定できなかった。

　桐生はいま誰かと恋をしているのだ。そしてその事実を自分は知らなかったのだ。

　この腕を摑みときめきを植えつけた男のことを、自分はなにもわかっていない。確かに触れたはずなのに、彼と自分とのあいだにはあまりにも距離があって、きっとそれを縮めることはできないのだろう。

「そうか。あのひとがえげつない週刊誌に追い回されてないといいけどな。まあおれにできるのは迷子猫探しだけだから、そろそろ行くか」

　だからどうした、馬鹿馬鹿しい、と自分に言い聞かせ、平静を装ってイグニッションキーをポケットに突っ込みミオの玩具とキャリーケースを手に取った。もちろん知明には内心の動揺など見透かされていたろうが、やはりここでも彼は言及せず「いってらっしゃい」とだけ告げて片手を振った。

　雑居ビルの狭い階段を下りながら、ひとり溜息をつく。馬鹿馬鹿しいとは思うのに、昨夜感じたもやもやとした気分が性質と色合いを変えて、心の中にべったりとくっついてしまった気がした。

これは非常によろしくない。あまりにも自分らしくない、似合わない。

そんな話を知明と交わした三日後の土曜日、話題の男が相変わらずアポイントメントもなく便利屋を訪れた。昼少し前だ。九時から十七時が定時なんていうサラリーマンとは異なり、芸能人のスケジュールには規則性がないのだろう。

迷い猫の捜索にはまだ進展がなかった。庭木の手入れだのなんだの、地元の顔なじみから頼まれた他の仕事をこなしつつ、朝、昼、夜と時間を変えて探し続けてはいたがミオは見つからない。

「少し時間が空いたので寄ってみた。邪魔になるようならば帰る」

差し入れなのだろう、桐生は手にしていた菓子屋の紙袋を篤に渡し、少し困ったようにそう告げた。ミオは見つかっていないのか、なにかわかったか、と見栄も遠慮もなく詰め寄りたいのに理性が邪魔をするといった様子だ。

素直に紙袋を受け取り「ありがとうございます」と言ってから、慌てて現在の状況と今後の策を口に出した。

「ミオちゃんなんですけど、保健所や動物管理事務所にはまだ届けられてないようです。

問い合わせた近辺の動物病院にもいまのところ当たりはありません。あとはコンビニとかファミレスとかにも訊いてみます。おなかがすいてひょっこり現れるかも」

「そうか」

「そのへんとこまめに連絡を取りながら、引き続き捜索を続けます。目立つ大型猫なので目撃者がいれば覚えてるでしょう。片っ端から聞き込みしますね。あとはネット上の情報も、ええと、そういうのに詳しい助手がチェックしてます」

知明を指さして続けると、いきなり振られて驚いたのか目を丸くしつつも、頼れる甥は幾度も頷き「はい僕慣れてるんでお任せください」と早口に言った。芸能人を相手に緊張したのか、半ば声がひっくり返っている。

桐生は、篤が愛猫の行方をまだ摑めていないことを知りがっかりしたらしい。僅かに悩ましげな表情をして「よろしく頼む」と告げ、小さく吐息を洩らした。その様子を目にし、ずしりと重い責任が改めて背にのしかかってくるのを感じる。

この男にこんな顔をさせてはならない。溜息なんてつかせては駄目だ。他のどこでもなく誰でもなく、この便利屋、そして自分を頼ってくれているのだから、彼の期待を裏切るわけにはいかないだろう。

うっかり親馬鹿な面をあらわにするくらい桐生はミオを愛しているのだ。愛するものを失う痛みなんて誰にも味わってほしくはない。この手を伸ばせば触れるひとならなおさらに、力になりたい、なんとかしてやりたいと思う。

ミオはおれにとって大切な存在なんだ。ミオしかいないんだ。自宅で桐生が口に出したそんなセリフが、そのときふと蘇った。この腕を摑みひどく真摯な目をしたあのときの彼に嘘《うそ》の影は見受けられなかったが、ミオしかいない、その言葉は事実なのだろうかと疑問が湧いてくる。

「……気になることがあります。ミオちゃんがいなくなってしまったときの状況を、正しく知っておきたいだけなんですが。桐生さん、ちょっと突っ込んだことを訊いてもいいですか」

言っていいのかいけないのかしばらく黙って考え込み、結局はおそるおそるそう問うた。意味がわからなかったのか何度か目を瞬かせた桐生が、それでもひとつ頷いてくれるのを待ち、さらにおずおずと口を開く。

「あの。桐生さんは現在、誰かとおつきあいしてるんですか。恋愛の意味です。そういう噂があるって聞いたので」

「ああ……。噂はあるようだ」

「いえその。猫は繊細ですから、主人が自分以外の誰かに夢中になっていると知れば気にしますし、たとえば自宅に見慣れない女性が出入りしていたら、怯えて逃げることもあるでしょう。その場合はアプローチを少し変えてみたほうがいいかも」

なんとかそれらしいセリフを声にしつつも、これは自分こそが嘘をついているなと自覚はできた。ほとんどこじつけのようなものだが、桐生の異性関係は確かにミオの行方不明に関係があるかもしれない。しかし自分が聞きたいのはもっと単純に、いまこの男は本当に誰かと熱愛中なのか、という一点なのだろう。

桐生に対して分不相応なときめきを感じた。こんな無駄な感覚は、はいその通り恋人がいますよなんて返答でさっさと、否応なく叩《たた》き潰されてしまったほうがよい。

だが、桐生があっさりと口に出したのは、篤の質問を否定する言葉だった。

「いや。それはない。ただの噂だ、おれはいま誰とも恋愛関係にはないし、ミオとの生活を無意味に邪魔されたくないからマネージャーでさえ家には入れない」

真っ直ぐな桐生の視線にまずどきりとし、そののちに、おかしなくらいにほっとした。彼には現在恋人がいないのだ、という事実を本人の口から明言されて、肯定が返ってくるものだと身構えていた肩から力が抜ける。

それから、そんな自分に心底呆れた。なにを安心している？　桐生に恋人がいないからといって自分が恋人になれるわけでもあるまいし、芸能人の恋愛事情なんて町の便利屋には、しかも同性にはまったくもって、これっぽっちも関係ないだろう。

「そう……ですか。変なこと訊いてすみません」

「最近は、体調の悪いミオを病院へ連れていくためにしばしば現場を抜けていたので、どこかの誰かと密会しているんだと邪推されたんじゃないか。事情を説明するのも面倒だし、おれに悪意を持つ人間にミオの病気を知られたくなかったから放ってあるだけだ」

「……はい。ごめんなさい。桐生さんはこのあいだミオちゃんしかいないって言ってたのに、なんかこう、だから余計に、いや……すみません」

過去にないほどしどろもどろに詫びると、その篤の態度がいまいち理解できないといった表情で、それでも桐生はさらりと「別に構わない」と謝罪を流した。助かった、と再度こっそり安堵した。ここで、なぜそうも挙動不審になるんだと問われたらうまく答えられない。

密かに深く息を吸って、吐いて、感情の揺れをいくらか逃がしてから改めて口を開いた。

「桐生さんは本当にミオちゃんを大事にしてるんですね。いつ自宅に迎えたんですか？もう何年も前ですか」

桐生は篤の質問を聞き、なぜか不意に切なげな顔をした。この表情をいつかどこかでも見たことがあるなと、ふっと思い出す。

あれは確かはじめて彼が事務所を訪れた日だ。猫の名前を訊ねたら、彼はいまと同じように切なさを感じさせる顔をして、ミオ、とひと言答えたのだ。

意味があるのか？　あるのならば、どんな意味だ？

男くさく美しい顔に浮かんだその複雑な表情を、桐生は一瞬で消した。指折り数えるでもなく特に思案する様子も見せず、はっきりとした口調でこう答える。

「ミオを飼いはじめたのは、三年前だ」

三年前か。短く「そうなんですね」と返しながらも、頭の中では先日知明から聞かされた話を思い返していた。桐生はいっときある女優と交際しているのではと報道されていたようだ、と甥は言っていた。確かそれが、三年前だった。

桐生に恋の噂が立った時期と、猫を迎え入れた時期が同じ。ちょっとした引っかかりを感じはする。

とはいえ、それはきっと自分が桐生に対してなんらかの感情を抱いているからこそ覚える引っかかりで、冷静に考えればそのふたつの事実のあいだに関係なんてものはないのだろう。桐生の過去の恋、ただそれがなんとなく気にかかっているだけだと思う。

そしてもちろん、今回のミオの失踪にも関係はあるまい。ならば三年前の報道については桐生にあえて訊ねることではない。もう充分失礼な質問をぶつけたのだし、これ以上彼をつき回すのはあまりにも不躾だ。

「そうだ。桐生さん、おれにひとつ案があるんですけど」

小さく首を左右に振ってうっとうしい思考を追い払い、そこで話題を変えた。そこそこ多忙らしい芸能人とせっかくこうして顔をつきあわせているのだから、電話では言いづらい、少々無理のある提案でも口に出せるチャンスだ。

桐生が篤を見つめたまま黙って待っているので、「カメラです」と続けた。

「桐生さんにはちゃんと説明したことがなかったかもしれないですが、経験上、室内飼いの猫は逃げても自宅周辺をうろついていることが多いです。日にちがたっているのでいくらかは行動範囲が広くなっているとしても、やっぱり近くにいる可能性が高いです」

「そうなのか」

「それから、これも経験上ですけど、家に帰ってきても入れなくてまた外をうろうろして、なんて行動パターンを取る猫もいます。だからカメラをですね、玄関や庭の塀に、自宅のすぐ外が映るように設置してみたいです。どうですか？　もしかしたらもう防犯カメラついてます？」

篤の問いかけにまず桐生は首を横に振り、防犯カメラはないと示した。そののち特に悩む様子もなくあっさりと篤の提案を了承した。

「それがミオを探す一助になるのであれば、カメラでもなんでもつけてくれ。篤くんの言うように、もし彼が家まで来ているにもかかわらず留守で入れなくて困っているのなら可哀想《かわいそう》だ。ああ、彼のために窓を開けておいたほうがいいのか？」

「いや。いえ、それはやめましょう、防犯上よろしくない。カメラにミオちゃんの姿が映ることがあれば、おれが桐生さんの自宅を一日中張ります。まずはカメラで様子を見ます」

頷けば本当に家中の窓を開け放って出かけてしまいそうな桐生の表情を認め、慌てて止めた。この男はたとえ泥棒に入られることがあってもミオを見つけ出したいのだ、それだけいま必死なのだと改めて思い知らされる。

動くならば早いほうがよかろうと、桐生が在宅する明日夜にカメラを設置しに行く約束をした。これから一日半ほど桐生は撮影で自宅へ戻れないそうなので、それが最速だ。

待っているのでよろしく、と淡々と言い残し桐生はすぐに便利屋事務所を去っていった。当たり前のことだが、彼はここへ遊びに来たわけではなく、ただ迷い猫捜索の状況が知りたくて忙しい仕事の合間にわざわざ顔を出しただけだ。用事がすめば長居をする必要はない。

なにを訊いても不快を示さなかった桐生の背を見送り、ほっとした。と同時にちょっとばかりさみしいような気分にもなって、そんな自分にまた呆れた。

もう少し顔を見ていたかったのに。もう少し声を聞いていたかったのに。

「律儀なひとですねえ。便利屋に差し入れ？　篤兄さんは知らないでしょうけど、ここのお菓子、結構な値段しますよ」

静かに閉まったドアをじっと見つめている篤の手から桐生が持参した紙袋を受け取り、知明が感心したように言った。それでも反応できず突っ立ったままでいる篤に、今度はからかう口調でこう声をかける。

「なんですか？　桐生さんに惚《ほ》れました？　イケメンですからね。でも、あんな注目の俳優が相手じゃ、さすがにその恋はかなわないと思いますよ」

「……馬鹿言え。おれは単に色男で目の保養をしてるだけだ。雲の上にいる芸能人にどうこうしたいともなりたいとも思わん」

つい派手に舌打ちし、低く言い返した。長いつきあいになる身内だからということを差し引いても、知明には他人の感情の機微に対してなかなかに鋭いところがあると思う。同性愛者であることを姉や甥には隠していないのがよいのか悪いのか、こうなるとわからない。

これ以上揶揄《やゆ》されてはたまらないので、知明に留守を任せそそくさと事務所をあとにした。桐生の自宅に設置するカメラを入手するためになじみのショップへ向かう道中、ハンドルを操作しつつ盛大な溜息を洩らす。誰が聞いているわけでもあるまいし、だらしなくふわふわ溜息を零していたって構わないだろう。

桐生さんに惚れました、か。知明の言葉は的を射ている、のかもしれない。腕を摑まれときめいた。認めてしまえば彼の恋の噂にショックを受けたし、もう少し一緒にいたかった、なんてことまで考えた。

こんなふうにひとりの男に心を揺さぶられるのなんてもう何年ぶりだろう。惚れたとまではいわなくても、自分はきっと、充分に、桐生のことを意識している。

さすがにその恋はかなわないと思いますよ？　知明のセリフを思い出して再度、長々と溜息をついた。馬鹿馬鹿しい。わざわざ高校生の甥に言われなくても、そんなことは当然理解している。


翌日日曜日の十九時、電話で確認を取ってから、三台のカメラ、工具を詰め込んだ鞄と脚立を抱え桐生の自宅へ出向いた。

インターホンを押して名乗ると、先日と同じくロックはしていないから入ってきてくれと返された。篤が来る時間だから鍵を開けて待っていたということだとは思うが、名の知れた俳優の危機管理意識はどうなっているのだと問いただしたくなる。

防犯カメラもない。見る限りセキュリティステッカーの類いも貼《は》っていないので、家屋への侵入者が確認されたら警備会社が駆けつける、といった家庭用防犯システムも導入していないだろう。表門にも裏門にも鍵はないし、篤が止めなければミオのために窓を開け放して出かけるに違いないし、芸能人である自覚があるのかと若干の疑問を覚える。

指示された通りそっと玄関のドアを開けたら、家の中に漂うおいしそうなにおいに気がついた。電話で喋ったときに家にはひとりだと言っていたので、桐生自身が料理をしているらしい。

「こんばんは、東町萬屋です！　先ほども電話で説明しましたけど、カメラをつけに来ました！」

声を張って用件を告げると、ダイニングキッチンに続いているのだろう開け放ったドアから桐生がひょいと顔を出した。片手に菜箸《さいばし》を持ったまま、「こんばんは、よろしく頼む」とだけ告げてすぐに姿を消す。

少々びっくりした。他人が自宅にカメラをつける様子を見張っていなくていいのか。もし篤に悪意があれば、家の外を映すカメラを設置するついでに屋内用の盗撮、盗聴機器をしかけたり、玄関の鍵が簡単に開けられるよう細工をしたりと、なんでもできる。

それだけ信用されているのだと思えば嬉しいが、やはりこの男にはちょっと抜けているところがあるのかなと、幾ばくか心配になった。

「まず、家の前の道が見えるように玄関の外、上のほうにカメラをつけるので、あとで確認してください！　ここが終わったら庭、外側に向けて塀の上に二箇所つけますよ！　いいですか！」

さっさとキッチンへ引っ込んでしまった桐生に大きな声で告げると、「任せる」という短い返答が聞こえてきたので、詳細を話すのは諦めた。持参した三台のうち一台のカメラを摑み、上部に作業灯を固定した脚立に乗る。

カメラはメモリカードに録画データを保存するタイプで、リアルタイムで観察するのではなく必要に応じカードを交換してパソコン等で確認するものです。遠隔であなたを監視したりはできないので安心してください。はじめにそんな説明をするつもりだったのに、桐生は特になにも気にしていないようだ。

聞く気がないのならしかたがない。引っつかまえて無理やりああだこうだと解説するのもなんだし、あとで取扱説明書を渡して帰るしかないだろう。

角度を計算して玄関にカメラを取りつけたあと、家には入らず敷地を囲む塀の中を歩いて庭へ出た。先日見た通り背の高い塀の前に脚立を置き、まずひとつ、方向を変えてもうひとつとカメラを設置していく。

裏門の真下にある一対の靴跡にふと気を取られたのは、ひとしきり作業を終えて、芝生の上に置いた作業灯と家屋から洩れる明かりを頼りに脚立と工具を片づけているときだった。薄暗くても目視できるその靴跡は、確か前回この家を訪れたときにも見た。とはいえ、見た、という事実こそが妙だと思う。

いったん脚立を置き、作業灯を片手にじっくりと靴跡を観察した。形も場所も、先日確認したものとまったく同じだった。踏み消されもせず、また数が増えてもいない。

庭から外へ向かう靴跡だから、桐生がこっそり外出する際についたものなのだろうと考えていた。しかし、その推測には無理があるのか。もし桐生がこの裏門から自宅を出る習慣があるのなら、当然靴跡は新しいものに更新されているはずだ。

「桐生さん！　ちょっと質問があるんですが！」

先日検分したばかりの、屋内から庭へと続く窓が開けられていたので、そこに首を突っ込み大声で家主を呼んだ。少しの間のあと今度は食器を持って顔を出した桐生に、裏門の方向を指さして問いかける。

「その、庭にある門ですが、桐生さんはあそこから外に出ることって多いんですか」

桐生は篤の言葉に軽く首を傾げ、これといって考え込む様子もなく答えた。

「いや？　駐車場まで遠回りになるから、ほとんど使わない。なぜそんなことを訊く？」

「ああ……いえ、ちょっと気になって。じゃあ、最後にあの門を使ったの、いつだか覚えてます？」

「さあ。もう何か月も使っていないから覚えていないな」

意外な桐生の返答に、つい黙り込んだ。もう何か月も使っていない？　その割には、大きさも向きも判別できるくらいくっきりと靴跡が残っている。ここしばらくは晴天が続いているにせよ、何か月ものあいだにはさすがに何度か雨も降ったし、ならばそう長く靴跡が残っているのはおかしくはないかと不自然さを覚える。

しかしその疑問は、次に桐生が発したセリフですっとどこかへ消えてしまった。

「篤くん。食事をしていかないか。せっかくたくさん作ったし、ミオがいないので少々さみしい」

少々さみしい、この男でもそんなことを言うのかとびっくりして、まじまじと桐生の顔を注視してしまった。確かにそれは彼の本心なのだろう。しかし、こうも正直に素直にさみしいと声にするタイプの人間だとは考えていなかった。

知る限り桐生は決して口数の多い男ではない。可愛いだろう、失いたくない、心の中のやわらかな思いを口に出すことはあってもごくまれにであって、ただの便利屋を食事に誘うタイミングで言うとは意外だ。そもそもが、ただの便利屋を食事に誘うこと自体が、意外極まりない。

見つめた先で桐生は困ったように僅かばかり眉を寄せた。懇願というほどはっきりした表情ではなかったが、どうか断らないでほしいという気持ちはその美貌にうっすらと透けていた。

そんな顔をされたらもちろん断れない。彼はきっと自分に食べさせるためにたくさん料理を作ってくれたのだろう、と考えてしまえばなおさら、結構です、いりませんとは言えなくなった。

「……じゃあ、その。腹減ってるし、遠慮なく、いただきます」

つかえつかえに答えると、桐生は仄《ほの》かに笑った。篤の返事にほっとした、あるいは満足したのだと思う。

そういえば、ミオの写真を前にしたとき以外でこの男が笑う顔をはじめて見たなと思った。彼は大抵の場合は無表情でいたので、その貴重な微笑みには、少なくとも篤に対してはなかなかの威力があった。

腕を摑まれたあのときと等しく胸が高鳴り出す。収まれ、落ち着けと自分に言い聞かせても、心臓はうるさく鼓動したまま、まったく静まってくれない。

桐生に指示され塀の内側を歩いていったん玄関まで戻り、脚立を外壁に立てかけてから改めて「おじゃまします」と言い家に上がった。先日は真っ直ぐリビングに通されたのではじめて見るダイニングキッチンは、想像していたよりも狭かった。芸能人の住まいというより、ごく普通の家族が住んでいそうな家の、いたって標準的な間取りだ。

テーブルの上にはふたり分の夕食が用意されていた。鯖《さば》の味噌煮《みそに》にほうれん草のおひたし、だし巻き卵、あとは白米に味噌汁といった家庭料理だ。こんな男が作るのだからさぞかし凝ったものが出てくるのだろうと身構えていたのに、そんなことはない、これもまたごく普通の家族が囲む食卓と変わりなかった。

「すごい。うまそうです。全部桐生さんが作ったんですか」

単純に思ったままを口に出すと、桐生はまた微かに笑って「そうだよ」と答えた。

「子どものころからよく作っていたので慣れている。あまり豪華なものではないが」

「いや、豪華です。おれなんてひとりだといつもカップラーメンとか冷凍食品ばっかりだし」

「では、これでも多少はまともに見えるだろうか。味つけが好みに合わなかったら残してくれ、無理して食べるものでもないから」

促されて椅子に座り、「どうぞ」と声をかけられおずおず箸を取った。いざおいしそうな食事を前にすると、ろくに昼飯を食べていなかったこともあり途端に空腹を自覚する。

桐生が先に動く気配がなかったので、彼の視線を感じながらまず鯖の味噌煮を口に運んだ。こういうときには野菜から食べるべきなのか、あるいは味噌汁か？　悩んだところで正式な和食の作法なんてはなから知らないのだから意味はない。

はじめて食べた桐生の手料理は、うまかった。小さかったころに家族みんなで食べた母親の作る食事のように、家庭的で優しい味がする。

「うわ、うまい。なんですかこう、母さんの味がします。うまい」

洒落た言葉も思い浮かばず感じた通りの感想を口に出し、それから、母さんの味もなかろうと自分の発言が恥ずかしくなった。しかし桐生はむしろ篤の言葉が気に入ったのか、自身もようやく箸を手に取って、どこか楽しげに目を細めて言った。

「そうか。おれは母親から料理を教わったから、そんなふうに褒められると嬉しい。中学生のころ父親が離婚を機にこの家を出ていって以降、多忙になった母親とおれとで最初は一緒に、そのあとは交代で食事を作っていたんだ」

だし巻き卵に伸ばしていた箸を、そこでつい止めてしまった。中学生のころに、両親が

離婚。その境遇は自分と同じだ。なにより、桐生がそんなに突っ込んだ生育環境をあっさりと語ったことに驚いた。

「なるほど。うちも、おれが中学のときに両親が離婚してるから、母親の代打になれるよう一応料理を教わりはしましたけど、こんなに上手じゃないですね。もう結婚して家を出てた姉がよく作りに来てたんで、そこまで必要に迫られなかったし。だから弁当作りとかの仕事は苦労します」

いったんは空中で止めてしまった箸をなんとか動かし、だし巻き卵をひと口食べてから、自分も似た家庭環境であったことを努めてあっけらかんと明かした。ここで、大変でしたねつらかったでしょうと大仰に言いつのるのは悪手だ。食事を前にしているせいなのかせっかくなめらかになった桐生の口が、例のごとく閉ざされてしまうかもしれない。

「お姉さんがいるのは楽しそうだ。おれには兄弟がいないからよくわからないが」

「ええまあ楽しいです。世話焼きで口うるさい姉ですが、元気なところは長所ですかね。母が亡くなってからもああだこうだと相変わらず口うるさい」

「そうか。おれは、二十五のころ母親が病で死んで以来、まともなつきあいがある親族がいないという意味ではひとりだな。元気な姉がいれば少しは変わったのだろうか」

さらりと告げられた桐生の言葉に、また箸が止まった。二十五歳のとき母親が病死、これも同じだ。たまたまだ、とわかりはしても、どうしても自分と重ねてしまう。

もしかしたら自分と桐生とは、ある部分においては近しいいきものなのではないか。ちっぽけな便利屋と華やかな芸能人だ、立場も属する世界も経済状況もまったく違う。だとしても、どこかに、ほんの僅かではあれ親和性があるのではないか？

桐生もまた同じようなことを考えたのかもしれない。真っ直ぐに篤を見つめる眼差しはこれまでよりも幾ばくか緩く、穏やかなものであるように感じられた。きっと自分の勘違いや思い込みばかりではないだろう。

「……この家、小さいころから住んでいるんでしょう。家族が暮らした思い出が、柱とか、家具とかに残ってます。大事な家なんですね」

ほうれん草のおひたしを食べてしばらくの沈黙を作ってから、いまこの空間、この雰囲気であれば桐生は気分を害さないと判断し、あえて決めつける言葉を使った。桐生は二、三度目を瞬かせはしたが、篤の考えたように不快も不機嫌も示さず答えた。

「そうだな。愛着はある。みなで楽しく暮らしていたころの記憶がなくならない限りは手放すつもりはない。庭が広いので、ミオと一緒に遊ぶのにも都合がいい。おれはミオがいればさみしくはない。だが」

すらすらと紡がれていたセリフは、しかしそこで途切れた。ふっと、僅かな切なさを浮かべた桐生の表情を目にして、ずきりと胸が痛くなった。

ミオがいないので少々さみしい。先ほど彼は篤を食事に誘う際にそんなことを言ったのだ。あれは半分は本当で半分は嘘だ。愛猫が姿を消してしまったいま、彼は、篤が考えているよりももっとずっと、少々なんて表現では足りないくらいさみしいのだろう。

大切なものと暮らした気配がはっきりと残る家に、たったひとりで住んでいる桐生の気持ちがわかるなんて言えない。ふとした瞬間にあたたかな空気を思い出しては振り返り、そうか、彼らはもういないのだと無慈悲な現実を噛みしめる苦しさは想像できない。

ミオは桐生のそんなさみしさ、苦しさを緩和していたのだ。彼にとってミオは、失ってしまった愛情を埋めてくれる唯一の存在だったのだ。

いま桐生が身にまとっている孤独を、癒《い》やしてやりたい。ミオが見つかるまででいい、ミオのかわりで構わないから、不意に切なげな顔をする彼を自分が助けてあげたい。そばにいたい。

心の奥から湧き出してくる、自分でも理解できないほどに強いその感情に戸惑った。同情か同調か、それとも好意か恋か？　惚れたのかと知明にからかわれた通り、やはり自分は桐生に惹《ひ》かれはじめているのか。でなければ、こんなに切実で胸に迫る思いを抱きはしないだろう。

あたたかい味噌汁を飲み、白米を食べ、いくらかのあいだ先日同様無言で悩んだ。それから意を決し、桐生が身構えないよう心を占める情はあえて押し隠して訊ねた。

「すみません。話が変わりますけど、三年前、桐生さんはどこかの女優さんとの交際を報じられてたそうですね。事実なんですか？」

唐突な話題に驚いたのか、茶碗《ちゃわん》に落としていた視線を上げて桐生は篤を見た。妙な質問をするなと叱られるかと思ったが、便利屋事務所で現在熱愛中かという噂について訊ねたときと等しく、彼はここでも特に不快感は示さなかった。単にびっくりしただけらしい。

「なぜそんなことを訊く？」

少しの間のあと逆に、静かに問い返されて、慌てて答えた。

「いえ。桐生さんがミオちゃんをこの家に迎えたのは三年前だと言ってたから、なにか関係があるのかもと。なんでも、ちょっとでもいいから、ミオちゃんがどこにいるかの手がかりが欲しいです。一見意味がないことに実は意味があったりするんで」

我ながら苦しい言い訳だなと思いはした。そのせいか無駄に早口になり、これでは余計に不自然だと心の中で自分に呆れる。

三年前にあったのかもしれない桐生の女優との交際とミオの行方不明には、さすがに関係はないだろう。時間がたちすぎている。それでも問わずにはいられなかったのは、現在のみならず桐生の過去の恋までもがどうしても気になったからだ。

こんなふうに一緒に食事をして、ほんの僅かにであれ自分と彼の距離は縮まっている。身勝手な思い込みなのだとしても、少なくともいま自分はそう感じている。

この男のことをもっと知りたい。どのように育ちどんな恋をして、現在の彼が形成されたのかを知りたい。

桐生はいったん篤から視線を外して、なにかを考えているような表情を見せた。それから箸をテーブルに置き篤を見つめ、極めて冷静な調子で答えた。

「ただの誤解だ。おれには当時、他に恋人がいた。誰にも明かさずしばしば会っていたから、いまと同じように勘違いをされたんじゃないか。その恋人はミオと会ったことはないので、今回の件には関係ないだろう」

そうですか、余計なことを訊いてすみません、と言いかけた口からは声が出なかった。桐生の淡々とした口調には僅かにも感情は滲み出ていない。しかし、彼の目には確かに、いままでよりもはっきりとした苦痛の色が浮かんでいた。

猫の名前を問うたとき、いつから猫を飼っているのか訊いたとき。そして先ほど、ミオがいればさみしくはない、だが、と言ったとき、桐生は切なげな顔をした。それとは較《くら》べものにならないほどの悲哀を帯びた眼差しに、息が苦しくなる。

訊ねてはいけないことだったのか？　当時は恋人がいた、そして現在はいない。ならば桐生には、それにまつわる誰にも言いたくない事情があるのかもしれない。

「……ごめんなさい」

ようやく、なんとか詫びると、桐生はいつも通り「いや」と軽く流した。それからは特に会話もなく黙々とふたりで食事をとった。桐生は怒っているようでも不機嫌になったようでもなかったが、自分が発した不躾な問いかけが生んだ居心地の悪さは否めない。

食後、言葉少なにふたりで食器の片づけをし、多忙な桐生も疲れているだろうからと早々においとますることにした。カメラの取扱説明書を手渡して、「ごちそうさまでした、うまかったです」と頭を下げ玄関へ向かうと、靴を履いている背中からこう声をかけられた。

「楽しかった。互いに都合がつくときに、またここで一緒に食事をしてくれないか。誰かが食べてくれると作りがいがあるから」

思わずはっと振り返り、何度も頷いた。感じていた気まずさが一瞬で消えてしまうくらいの嬉しさがこみあげてくる。

篤がドアを閉める際に桐生はふっと微かな笑みを浮かべ、心安く片手を振った。それにますますのよろこびが湧いた。図々《ずうずう》しく食事をごちそうになり、あげく無遠慮な質問をして、しかもなんのフォローもできなかった。なのに彼は自分を遠ざけも拒みもしないらしい。

鞄と脚立を抱え車を停めたコインパーキングへ向かいながら、鼻歌でも歌いたい気分になった。最後に一瞬だけ見た彼の微笑みで、先刻まであったすわりの悪さはすっかり洗い流されていた。

同じテーブルに着き一緒に桐生の手料理を食べて、先ほども考えたようにふたりの距離はちょっとは縮まったろうか。自分が感じているこの近しさ、そばにいるときの心嬉しさを、少しでもいいから彼も味わってくれているといいのになと見あげた夜空に願った。

翌日の夜に桐生へ電話をかけ、カメラのデータを引き取りに行きたいと告げると、彼は回線の向こうで『どういうことだ？』と不思議そうな声を出した。はなから期待はしていなかったが、やはり取扱説明書は読んでいないらしい。

設置したカメラは録画データが記録されたメモリカードを取り出して再生するタイプのものだ、ミオが映っているかもしれないからできれば毎日確認したほうがいいと思う、と説明すると、桐生はようやく意味がわかったようだった。

『おれは明日まで帰れない。勝手に敷地に入って、勝手に持っていってくれ。門には鍵がないし、カメラをつけたのは確か玄関の上と塀の上だったか、ならば家が施錠してあっても取れるだろう』

あっさりした声でそう言われて、若干呆れつつ「わかりました」と答えた。勝手に敷地に入れとは、芸能人の割に少々危機感に欠けるのではないかと昨日と同じようなことを思う。

指示された通りにひとりで出向いた桐生の自宅でカメラのメモリカードを交換し、事務所のパソコンでデータをチェックした。ろくに瞬《まばた》きもせず睨みつけた早送りの映像に、ミオの姿は映っていなかった。

桐生にも言ったように、逃げたはいいものの行き場所がなく自宅とその付近を行ったり来たりしている迷い猫は多いから、あるいは、と期待していたのでがっかりした。桐生が便利屋事務所を訪れてから一週間、ミオが姿を消してからは十日がたつ。体調も万全ではなかったそうだし、さすがにそろそろ見つけなければと焦りを覚えた。

保健所等にも届けられておらず近所にも見当たらない。珍しい種の、見目もよい猫だから、もしかしたらミオを見かけた人間が自らの住まいに連れ帰ってしまったのではないかと不安になる。

写真で見た限りミオは首輪をつけていなかった。おそらくは桐生のことだから、ミオが怖がったかいやがったかしたので諦めたといったところだろう。室内飼いの猫ならば首輪はマストではない。

ならばますます、可哀想な捨て猫なのかもしれないので飼ってやるかと、迷ってうろうろしているミオを誰かが連れ去った可能性は大きくなる。おとなしくておっとりした猫らしいからぎゃあぎゃあ騒ぎもしまい。

困った。まずはチラシを配る範囲をもっと広くして、それでも駄目ならば、知明に頼みインターネット上の人目がある場所へ迷子猫の情報を公開するしかないか。世の中善人ばかりではないので、全世界への無差別な呼びかけはせずに見つけ出したかったのだが、他に打つ手もないのだからこうなるとしかたがない。

「篤兄さん！　いました！　多分この子でしょ！」

慌てて事務所に駆け込んできた知明からそう告げられたのは、カメラチェックをしはじめてから三日後の水曜日夕刻のことだった。学校帰りに飛んできたらしく、うっすら汗をかいている。

そろそろミオの情報をインターネットに載せてくれと頼むつもりだったのに、彼のその様子を見て言葉が引っ込んだ。とりあえずと冷蔵庫から取り出したペットボトルのスポーツドリンクを投げ渡してやると、喉が渇いていたのか知明は一気に飲み干してから、携帯電話の液晶画面を篤の目の前に突きつけた。

「ほらこれ！　白とグレーのバイカラー、顔つきも身体つきもそっくり。桐生さんのところのミオちゃんじゃないですか」

「あ！　本当だ、そっくりだ。ミオだ」

液晶画面に表示されていたのは一枚の写真だった。知明の言う通りバイカラーの大型猫がおとなしく座っている。

他の仕事をこなしつつも、迷い猫の姿を脳裏に思い浮かべながら毎日探し回っていたのだ。いまさら見間違いはしまい、これは、ミオだ。

手がかりを見つけた。そう思ったら興奮で背筋のあたりがぞくぞくした。

写真は室内で撮られたもののようだった。わざとなのかそうではないのか、どんな部屋なのかわかるほど背景ははっきりしていないが、ソファに置かれたクッションとクッションのあいだに座っている猫の姿は鮮明に写っている。

もう二週間近く行方不明になっているのだから、きっと相当汚れているだろうと考えていた。なのにその猫は、桐生に見せられた写真と同じく毛並みはつやつやに整えられており、屋外をさまよっていた様子はなかった。

どういうことだ？　誰かが迷い猫を保護してくれているのだとしたら、汚れる前のかなり早い時期に拾った？　それとも洗ってくれた？　首を傾げていると、その篤に見えるように知明が液晶画面に指を滑らせた。

「ＳＮＳにアップされた写真です。保護猫だとか迷い猫だとかのタグがついてなかったのでいままで気づきませんでした。僕が今日この写真を見つけたのはほんの偶然というか、可愛い猫、というワードで画像検索したらたまたま目に入っただけ」

知明は喋りながら携帯電話を操作して、写真とともに投稿された文章を液晶画面に表示させた。たった一行しかないその書き込みを目にし、ますます首をひねってしまった。

――ずいぶんと可愛い猫だ。

妙な印象を受ける一文だ。少なくとも、迷い猫を拾った人間が一生懸命飼い主を探しているという文面ではないと思う。もしそうなのであれば、猫を見つけたことやどのあたりにいたのか、どんな様子だったかとか、せめて連絡手段くらいは明記するだろう。

「他にもあります。このアカウント、毎日このミオちゃんによく似た猫の写真を投稿し続けてます。フォロワーはゼロだし拡散もされてないから、さっきも言ったように今日まで全然気づきませんでした」

慣れた手つきで液晶画面をスクロールし、次々と写真を表示させて知明が続けた。写っている猫はすべて同一の個体、篤の見る限りミオに間違いなかった。

どれも背景がぼんやりしているのは、部屋の間取りから居場所を特定されたくないからか。そして写真には必ず一文添えられていた。

――いつまで無事でいられるだろう。

――自業自得だ。

――奪われるものの苦しみを知れ。

意味はわからないながらも、それらの文言から滲み出る負の感情は読み取れた。誰かに伝える意思があるのかないのかはさておき、この写真と文章を投稿している人物は心中に穏やかならぬ思いを抱いている。ＳＮＳなんてものには疎い篤にもそのくらいは察せられた。

いつまで無事でいられるだろう？　まるで誘拐犯がちらつかせる脅し文句のようではないか。

「なあ知明。この写真はいったいいつから投稿されはじめたんだ？」

腕を組み液晶画面を睨みながら問うと、知明はページを一番下までスクロールして篤に示し「十三日前です」と言った。それからさらに指先で画面をタップして、知明の返答に唸っている篤のすぐ目の前に再度携帯電話を突きつけた。

「このアカウント、かなりおかしいですよ。作成されたのはやっぱり十三日前、アイコンは初期設定のまま、投稿は猫の写真と短い書き込みのみでプロフィールも気持ち悪いし。ほら、見てくださいよ」

半ば無理やり渡された携帯電話を受け取って、表示されているページをまじまじと見た。アカウント名は、オノヅカ、素っ気なくそれのみでＩＤもそのままｏｎｏｚｕｋａだ。知明の言うようにたったの十三日前に作られたものらしく、作成と同時に日に一回の写真投稿がはじまっている。

そしてプロフィール欄にはただひと言、こう書いてあった。

――懺悔《ざんげ》しろ。

「……十三日前って、ちょうどミオがいなくなった日だな」

ぼそりと零すと、知明は二度も三度も頷いて「ええそう、そうです」と同意を示した。そののちにやや急いた様子で携帯電話を篤の手から取り戻し、今度は違うページを表示する。

「オノヅカとかいうやつのフォロー一覧です。一件のみです。おかしいでしょう、おかしい。フォロワーと同じくゼロならまだスルーできますけど」

「フォローってのはなんだ？　よくわからん。オノヅカってのは、このアカウントを一個だけフォロー、ええと、ついていってる？　見てるってことか？」

フォロー一覧とやらに表示されているアイコンを指さして訊ねると、いかにも焦れったそうに、それでも丁寧に知明は説明した。

「はい、そう、一般的には見てるでいいですよ。でも、それ以外の意味でフォローすることもあります。フォローすると通常相手に通知されるから、たとえば自分に気づいてほしいとか監視してるぞって表明してるとか。少なくともフォロワー全員が好意的なわけじゃない」

「ああ、なるほど。やっぱりよくわからんが、少しはわかった。で、オノヅカが唯一フォローしてるこのアカウント、誰なんだ？」

やけに凝ったアイコンを眺めて問うたら、そんなことも知らないのかとでもいうように知明はひとつ溜息をついてから答えた。

「桐生さんの所属してる事務所の公式アカウントですよ」

知明の言葉に思わず目を見張った。ミオの写真を見たときの興奮とは違う、悪寒みたいなものがなぜか背筋を這《は》いあがる。

「事務所のフォロワー数は六桁《けた》ですし、宣伝用のＳＮＳで誰にフォローされたかなんていちいち確認しないでしょう。でも桐生さんは個人のアカウントを持ってないから、オノヅカは事務所をフォローするしかなかったんじゃないですか」

「つまり、オノヅカとやらは所属事務所をフォローすることで、自分の存在を桐生さんに気づいてほしがってるのか？」

「そう考えるのが妥当ですね」

あっさりと篤の言葉を肯定した知明の顔を、ついじっと見つめてしまった。インターネット事情に明るい甥の言うことならば、きっと大きくは外れていないのだろう。

ようするに、ミオの失踪には他人の思惑が絡んでいるということか。その他人とはオノヅカを名乗る人物だ。オノヅカは十三日前、ミオが姿を消した日から毎日、きなくさい一文を添えた写真を投稿し続け桐生が気づくのを待っているのだ。

なにが起こっている？　知る限り桐生という男の人柄は、他人に嫌われるようなものではないと思う。だが、おれの商売は無駄に敵が多い、と言っていたのは桐生本人だ。

仕事関係なのか、そうではないのか。芸能界の実態なんて、インターネット事情以上に疎いので正直まったく想像できない。

無言のまま知明としばらく目を合わせ、それからふたりで視線をミオの玩具とキャリーケースへ向けた。どうやらこの案件は単純な迷い猫捜索とは毛色が異なるらしい。

あちこちに問いあわせをしてチラシを配り、毎日毎日桐生の自宅近辺を探し回った。しかしそうした行動には、はなから意味なんてなかったのか。であれば次の可能性を探れ。この十日間は無駄足だったとうんざりしていたってミオは戻ってこないのだ。

「ありがとうな、知明。持つべきものは賢い甥だ、助かった。まだなにがなんだかわからんが、ミオの行方不明にこのオノヅカとかいうやつが噛んでることは確かだろ。ちょっと桐生さんに訊いてみる。まあ写真を見る限りはミオが元気そうでよかったよ」

「……別にお礼とかいらないんで、篤兄さんに時間があるとき、約束通りチャーシューとゆで卵がのったラーメンを食べさせてください。とびきりおいしいやつですよ」

「ああ、いいぞ。びっくりするほどうまいやつを食わせてやる」

礼を言われ照れたようにうつむいた知明の頭をぽんぽんと叩いて、出しっぱなしだった大工道具を掻き分け事務机に座った。パソコンでメーラーを立ちあげ、連絡先一覧から桐生の名前を選択する。

では仕切り直しだ。不穏な書き込みに気味の悪いプロフィール、桐生本人に訊けばあるいはオノヅカとやらが誰であるのか見当がつくのではないか。そこまではわからないとしても、オノヅカがインターネット上で発信した文言の意味くらいは理解できるかもしれない。

探し出すべきは桐生の孤独を癒やす愛猫だ。自分は便利屋としてそうした依頼を受けたのだから、たとえ彼がオノヅカの書き込みで不快な思いをするのだとしても、遠慮をする必要はないだろう。

ミオしかいないんだ。だから、どうか見つけ出してくれ。この腕を摑みいつか桐生が口に出した言葉は、切実な色を持ち常に胸の中に響いている。

見せたいものがあるので事務所まで来てくれませんか、という一文だけのメールを送ると、一時間ほどあとに桐生から「二十二時頃には顔を出す」という返信が送られてきた。電話ではなくあえての素っ気ないメール連絡にしたのは、わざわざ桐生を呼び出す理由の説明を求められたくなかったから、また、こちらの声色をうかがわれたくなかったからだ。前情報なくいきなりオノヅカの書き込みを見せたほうが、桐生の正直な反応を観察できるだろう。

知明も帰りひとりでなんとか苦手な事務仕事を片づけ終えたころ、二十二時ほぼぴったりに桐生は事務所を訪れた。男くさい美貌を目にして、やっぱりいつ見ても色男だなと密かに惚れ惚れする。こんな男にまさに猫可愛がりされているミオはなかなかのしあわせものだ。

しかしいまミオは彼のそばにいない。まず間違いなく、オノヅカのもとにいるのだ。

「どうした。ミオの行方がわかったのか。手がかりがあったか？」

普段と変わらぬ桐生の静かな声には、しかし急いた色が確かに見え隠れしていた。篤が桐生の自宅を訪れたことはあっても、こんなふうに彼を事務所へ呼び出したのははじめてなので、なにかがあったのだと察しているらしい。

「手がかり、と言えるのかどうかは、桐生さんが判断してください」

書類で散らかった事務机の上のパソコンを指さして、可能な限りフラットに告げた。知明が帰りがけに操作してくれたパソコンのモニタにはブラウザが開かれており、ＳＮＳ上に作成されたオノヅカのアカウントページが表示されている。

桐生は真っ直ぐに事務机へ歩み寄りモニタを見た。そこで珍しいことに、いや、少なくとも篤ははじめて目にするか、僅かばかり顔を青ざめさせた。

そっと見つめた桐生の横顔には複雑な表情が浮かんでいた。ずっと心配していたミオの写真が映し出されていたからという理由ばかりではないだろう。

モニタを凝視する彼の視線は微かに揺れており、明らかな狼狽《ろうばい》を示している。なにかしらの反応は示すはずだと予想はしていたとはいえ、基本的には常から冷静な彼が、篤にもはっきりそうとわかるほどうろたえるなんて考えていなかった。

　この男はオノヅカとやらを知っているのか。こうしてミオの写真をＳＮＳにアップするような人物に、なんらかの心当たりがあるのかと推測はできた。

　篤に許しは乞《こ》わず桐生はマウスを操作し、表示されているページを上から下までじっくりと確認した。普段であれば触っていいかと訊くだろうが、いまの彼にはその余裕がなかったのだと思う。

　オノヅカのプロフィールにも、写真に添えられた書き込みにも余さず目を通してから、桐生はそこで細く溜息をついた。ミオの姿を見て安堵したというのではなく、どこか苦しげで、かつ哀しげな吐息だった。

「……お知りあいです？」

　しばらく黙って桐生の様子を見つめてから、静かに問いかけた。桐生は長い無言を返したのちに、短く「答えられない」と呟いた。

　答えられない、すなわち、その通りだという意味なのだろう。まったく身に覚えがないのであれば、知らない、見当もつかないとはっきり告げられるはずだ。

　ただの便利屋には明かせないということか。これ以上は詮索《せんさく》するなと言いたいか？

その後も桐生はじっとモニタを見つめたまま沈黙していた。それから、横顔にも眼差しにもようやく冷静さが戻ったころに、不意にジャケットから革製のカードケースを取り出した。

桐生が篤の前にかざしてみせたのは、ケースに収められていた一枚の写真だった。優しげな笑みを浮かべた綺麗な男が写っている。

「恋人がいたと君には言ったことがある。彼だよ。残念ながら三年前に亡くなったが」

唐突な桐生のセリフにびっくりした。確かに桐生の自宅で三年前にあった女優との交際報道は事実なのかと訊いたとき、彼は、当時は他に恋人がいたので誤解だという意味の返事をした。あのとき彼が瞳に掠《かす》めさせた苦しげな色をよく覚えている。

しかしなぜいまここでそんな話をするのか。三年前に亡くなった恋人と、SNS上でのオノヅカの書き込みになんらかの関係があるのか？　意味がわからない。

などという疑問よりも、篤がなにより驚いたのは、桐生の恋人が男性であったということにだった。

「彼は少し身体が弱かったから、在宅でプログラマーの仕事をしていた。死んだのは三十歳のときだ。ひとりで訪れた蒼沢湖《あおさわ》で、見晴台から足を滑らせ落下し溺死《できし》した。いきものはいつまでも生きているわけじゃない。いとも簡単に、運命に奪われる」

目を丸くしている篤には視線を向けず、写真をカードケースにしまいながら桐生は淡々とそう言った。奪われる。そのひと言はつい先刻目にしたものと同じだ。

——奪われるものの苦しみを知れ。

桐生の告白は、オノヅカのそんな書き込みに思うところがあったからこそのものなのかもしれない。

「単純な事故だった。だが、おれは後悔している」

そこでようやく桐生は篤に目を向け、その通り、後悔している、といった表情をして続けた。

「蒼沢湖にはふたりでよく行った。石段を上ったところにある、見晴台という表現も似つかわしくないような、柵《さく》もないちょっとした高台から見下ろす湖が美しかった。めったにひとも訪れない寂れた場所で、ふたりきりで隠れた絶景を眺めるのは楽しかった」

一瞬迷ってから、ぎこちなく一度頷いた。桐生はそのころから交際報道で騒がれるくらいの有名人だったようだし、同性の恋人を連れてデートをするならひとけのない場所でなければならなかったのだ。そんな意味だとはわかっても、そうですね、ふたりきりで楽しかったでしょうね、なんて簡単に口に出してはいけない気がする。

「あの日も彼はおれに、湖に行きたいと言った。雨が続いていた合間のよく晴れた日だったから、閉じこもっている家を出て、久々にふたりで湖を眺めたかったんだろう。なのにおれは仕事が忙しくて一緒に行けなかった。だから彼はひとりで湖を見にいった。そして、死んでしまった」

桐生が口に出したセリフにずきりと胸が痛くなった。後悔している、か。彼は、デートをしたいという恋人のお願いに頷けなかったことを、三年たったいまでも深く悔いているのだ。

一緒に湖に行っていれば、恋人は死ななかった。恋人が見晴台から足を滑らせ湖に落ちていく恐怖を味わっているそのときに、桐生はカメラの前で誰かを演じていた。

後悔するなというほうが無理か。

「仕事なんかより彼のほうがずっと大事だったはずなのに、馬鹿なおれはあの日彼ではなく仕事を選んだんだよ」

低く連ねられた桐生の言葉に、今度は頷けなかったし、もう黙ってもいられなかった。なんとか「桐生さんは悪くないです」とだけ言いはしたが、桐生の心に届いたのかどうかはわからない。

というより、届かなかったのだろう。桐生は、これもまたオノヅカの書き込みと同じひと言を口に出して再度、小さく溜息を洩らした。

「おれの哀しみは自業自得だ」

この男は、ミオの写真にオノヅカが添えた文言からなんらかの意思を読み取ったのだ。ようするに、オノヅカが何者であるのかすでにわかっているということだ。深読みせずともそのくらいは察せられた。

姿を消したミオ、SNSへ謎の投稿を続けるオノヅカ、そして三年前に死んだ桐生の恋人。それらのあいだに関係がないわけがない。桐生の中でその三つがつながったからこそ、彼はこうして哀しい過去を語っているのだろう。

なにかある。なにがある？　ミオはなぜいなくなった？　オノヅカはなんの目的でミオの写真をSNSに載せ続ける？　また桐生は、どうしていま、亡くなった恋人の話をする？

訊け、目の前にいる男にさっさと問いただせ、とは思うのに、それらの疑問は声になってはくれなかった。遠慮をする必要はないだろう、先ほどはそう考えたはずなのに、苦悩に充ちた桐生の顔を見ているとどうしても訊ねられない。自分は彼がふと浮かべる人間くさい表情にとことん弱いのだと自覚する。

ここで追い詰めたら桐生はさらなる哀しみに沈んでしまうのではないか。いくら依頼を受けたからとはいえ、ちっぽけな便利屋がそこまでしていいのか。

「同性でもあるから世間には秘密の仲だった。それでも、彼と一緒にいられた時間はしあわせだったんだ」

しばらくの沈黙ののちに、桐生はいたって冷静な声でそう言った。男くさい美貌からはもう苦渋の感情は消えており、ほぼ無表情に戻っている。

生身の彼を知らなければ少々の威圧感を覚えるくらいの、見慣れた顔だ。彼が本当に平静を取り戻したのかはわからなかったが、少なくともそう装えるほどには落ち着いたらしい。

同性だから内緒の関係、それでもしあわせ、たくさん恋をしてきたわけではなくともそんな感覚はわからないでもない。ミオやオノヅカについて突っ込んだ質問をするのはいったん保留し、桐生の言葉に改めて浮かんできた単純な問いを口に出した。

「桐生さんはゲイなんですか」

そこを訊ねられるとは思っていなかったのか、桐生は二、三度目を瞬かせてから、さらりと答えた。

「いや。おれはバイセクシュアルだが。おかしいと思うか？」

「ああ、いえ。おれはゲイなんで特には」

「そうなのか。知らなかった」

篤の言葉にはこれといって大きな反応も示さず、桐生はただ淡白にそう言った。それから不意に強い眼差しで篤をじっと見つめ、低い声でこう訊ねた。

「恋人はいるのか？」

急に視線で圧をかけられ、ついぴくりと肩を揺らしてしまう。勝手に掠れる声で「いまはいないけど、いたことはあります」と答えると、桐生はさらに質問を重ねた。

「では、失ったことは」

彼がなにを言いたいのかはわかるような気がした。と同時に、わからない、とも思った。恋人を亡くし以降三年間後悔し続けてきた男に対し、こんなときにどんな返事をすればいいのかなんて知らない。

少しのあいだ黙って必死に考え、結局は諦めて簡単に告げた。

「振られたことならありますが、死んでしまったという意味では、ありません」

桐生は篤の返答にひとつ頷き、仄かに笑って「失うと心に穴があくんだ」と言った。セリフにも場にもふさわしくないその表情にぞくりと鳥肌が立つ。

いまこの男は過去を語りおのが心にあいた穴を覗き込んで、どうにもならないほどの苦しみに襲われているのだろう。苦しいのだと正直には顔に出せないほどに、苦しい。だから正反対の表情を浮かべるのだ。

そんなのは哀しくないか、可哀想ではないか。なにをすれば彼の苦しみ、哀しみを癒やせるのか。

慰めてやりたい。自分でも制御できないくらいに切実な思いが湧きあがり、そっと右手を桐生に伸ばした。

震える手で彼の頬を撫《な》でると、桐生は一瞬目を見開いた。驚いたらしい。それから困ったような表情を浮かべ「ありがとう、君は優しいな」と言い残し、するりと身を引いてあっさり事務所から去っていった。

いつでも姿勢のよい桐生の背を、引き止めることもできぬまま黙って見送った。静かに、ゆっくりとドアが閉まり、強ばっていた身体からようやく力が抜けていく。

それでも頭の中にはいまだに大きな困惑が居座っていた。おのが気持ちがなかなか整理できず、子どものようにきつく唇を嚙む。

こんなふうに自らを持てあますことなんて、桐生が事務所を訪れるまではなかったはずだ。そういう性格なのだ。なのにいま自分はおのれをどう扱っていいのかわからないでいる。

これは桐生に出会ったからだ。彼に対してなんらかの、過去に経験のない情を感じているためだ。

ならば自分はいま桐生に対してどんな感情を抱いている？　癒やしたい、その意思は、どこから湧いてなにを意味するものなのか。

整理できない、ではないのだ。うまく認められないだけだ。

はじめて事務所で顔を合わせた日からときもたち、自分が桐生に惹かれはじめていたのは事実だろう。彼の過去やいくつかの表情を知り、その思いはより強くなった。

いつか知明から、桐生に惚れたのかとからかわれた。馬鹿言え、と突っぱねながらも、彼の言葉は的を射ているのかもしれないなんて考えた。

しかし、かもしれない、なんて曖昧な表現はもはや通用しまい。

雲の上にいる芸能人にどうこうしたいともなりたいとも思わん、あのとき確かそんなことも言った。もちろんあのセリフも、いまとなってはただの嘘、ごまかしだ。ぬるい。

自分は確かに桐生に惚れている。かつてない、自らをコントロールすることもできないほどの恋をしている。彼の頬を撫でたときのあたたかさが残る右手をぎゅっと握りしめ、それからその拳《こぶし》を左手で胸に抱き寄せた。

慰めたかった。触れたいと思った。

なぜなら自分は桐生に対し、好きだ、無自覚ながらもそう強く感じたからだ。そしていまはっきりと、しっかりと自覚した。

桐生が好きだ。

翌日木曜日の夕刻、足の踏み場もなくなってきたのでさすがにまずいと、知明とふたりで便利屋事務所の大掃除をしているときに電話が鳴った。

「悪い知明。ちょっと出てくれ」

両手に抱えた段ボールを下ろせず頼んだら、すっかり便利屋になじんでいる知明はさっさと受話器を取って「お電話ありがとうございます。東町萬屋です」となめらかに言った。店主よりよほど慣れた応対だ、この高校生はどこでこんな芸当を身につけてくるのかと感心する。

しかし知明の口調はすぐにぎくしゃくしたものになった。はい、そうです、はい、同じ言葉をくり返すうわずった声を聞き、電話をかけてきた相手は桐生だなと予想する。誰《だれ》かに対して物怖《ものお》じする姿なんて見たこともなかったのに、先日も知明は桐生を前に硬直していた。

強面《こわもて》の無表情と低い声が怖いのか。それとも単純に桐生が芸能人だから緊張するのか？

商店街一の頑固者で知られるご老体でも一瞬で好々爺《こうこうや》にしてしまう知明のことだから、きっと後者なのだろう。

甥《おい》の必死の形相に急《せ》かされて、大掃除中の汚い床になんとか段ボールを置き電話をかわった。受話器の向こうから聞こえてきた声は案の定桐生のものだった。

『篤くん？　桐生です。いきなりで申し訳ないが、ミオの件は引きあげる』

はい、と応じた途端に淡々とそう告げられたものだから驚いた。引きあげる？　引きあげるとはどういうことだ。桐生のセリフが咄嗟《とっさ》には理解できず慌てて問い返す。

「え？　ちょっと待ってください。引きあげるって、もうミオちゃんを探すなってことです？　まだ見つかってないのに？」

『そうだ。依頼は終了だ。遺失物届も取り下げた。ミオがいまどのような状況にあるのかは大方わかったので』

ちょっと待ってください、とすぐにはくり返せなかった。桐生の言い分から察するに、昨日この事務所で見せたオノヅカとやらのＳＮＳへの書き込みから、彼は愛猫の行方に見当がついたということなのだろう。つまりミオは迷子になっているわけではないと確信したのか？　でなければこのタイミングで依頼終了を告げはしまい。

しかし、ようするに、どういうことだ。ミオの捜索をこのまま他人に任せておいては都合が悪いのか。事情をつまびらかにしたうえで諸々《もろもろ》慣れた便利屋を使ったほうが、ろくに自由もなかろう有名人が自ら動くよりはよほど仕事が早い。

ならば、なぜそうしない。この件は、ひとの手を借りず桐生自身で解決しなければならない問題であると、そういうわけか。気味の悪い投稿を続けるアカウントの正体に心当たりがあるのみならず、桐生はオノヅカなる人物になんらかの遺恨、ないしは罪の意識でもあるのか。だからおのれでなんとかすべきだと思っている？

懺悔《ざんげ》しろ。オノヅカのプロフィール欄に記されていた一文が不意に頭に蘇《よみがえ》り、寒気を覚えた。桐生は便利屋の介入を拒みたいというよりは、オノヅカの言葉通り、なにかを懺悔しなければならないと考えているのかもしれない。

オノヅカを知っているのか、そんなことを訊《たず》ねたときに桐生は、答えられない、と言った。過去の恋についてもおのがセクシュアリティについても口に出せるのに、オノヅカについては、彼はなにも教えてくれない。

「……理由を、訊《き》いてもいいですか？」

しばらく黙ってから、意を決してそう問うた。きっとまた返答を拒否されるのだろうなと予想していた通り、桐生は回線の向こうで静かに『申し訳ない、答えられない』と言った。

洩《も》れそうになる溜息《ためいき》はなんとか嚙《か》み殺した。桐生の手料理を食べ過去を明かされ、ふたりの距離は徐々に縮まっているのではないか、なんて考えていたのは自分だけだ。注目の俳優とちっぽけな便利屋とのあいだには当然ながら跳び越えられない溝がある、それを改めて思い知らされたような気がした。

いくら好きだと自覚したところで、桐生は自分とはまず住まう世界が違ういきものなのだ。彼には、一般人には理解できない芸能人だからこその事情もあるし、ただのなんでも屋に言いたくないことだってあるはずだ。そんなのは当たり前だ。

『なるべく早急に事務所まで金を払いに行く。今日明日はスケジュールが詰まっていて難しいが、明後日《あさって》には顔を出せると思う』

受話器を握り肩を落としている篤の心中などもちろん想像もしていないのだろう淡白な口調で、桐生が話題を変えた。この男は本気で依頼を引きあげるつもりなのだ、金を払ってはいさようならと平気で縁を切ってしまうのだと、これも改めて思い知らされますますしょんぼりしてしまう。

「……いえ。前にも言いましたけどうちは完全成功報酬制なんで、ミオちゃんをあなたのもとに届けられていない以上は金はもらえません」

湿った声にならないよう努めて冷静に答えたつもりだが、うまくいったのかは微妙なところだ。桐生は篤の言い分には納得せずやや強い調子で言葉を連ねた。

「それは駄目だ。中途半端な段階で依頼を打ち切るのはおれのわがままだから、払う」

「いや、ですから」

「おれの身勝手で悪いが、受け取ってくれ。篤くんはおれとミオのために力を尽くしてくれたんだから、対価を渡さないとおれの気がすまない」

もらえません、と再度言える雰囲気ではなかったので、溜息をつくかわりにひとつ深呼吸して諦《あきら》めた。これはなにを言っても桐生は聞く耳を持たず金を出す。律儀といえばいいのか頑固といえばいいのか、彼にはそうした意地でも意思を通す一面があると思う。

多忙な俳優に事務所まで足を運ばせるのは気が引けたため、彼の都合がよい日時を訊き自宅を訪ねる約束をした。二日後の二十二時、いまのところ特に依頼も入っていないし、そんな時間ならば地元客から至急来てくれと言われることもめったにないので、こちらとしても問題はない。

『では明後日土曜日の夜に。翌日の昼すぎくらいまではオフの予定だから、君が忙しければどれだけ遅れても構わない。適当に来てくれ、待っているよ』

回線の向こう側で桐生を呼ぶ声が篤にも聞こえてきたので急いだのだろう、早口でそう告げて返事は待たず彼はさっさと電話を切った。力なく受話器を戻し、ついでに力なく椅《い》子《す》に座って資料が散らばる事務机に額を押しつける。

無論桐生は無自覚であるに違いない。だとしても、むしろそれゆえに残酷な男だと思う。これ以上は踏み込むな、詮索《せんさく》するなとぴしりと線を引いておきながら、待っているよ、なんて言い残す。そのひと言で相手の心がどれだけ掻《か》き乱されるかなんて、彼は考えもしないのだ。

答えられない、そんな言葉で質問を封じられた。しかし桐生には、少なくとも篤自身を冷たく拒絶する気はないらしい。なにもかもを徹底的に拒むつもりならば、わざわざ待っているよと口に出しはしまい。

あの男は自分に対してどのような感情を持っているのだろう。普通であれば有象無象には語らないことまで語った、それでも語れないことは語れないのだとはっきり示した。そして最後に、待っていると言った。

嫌われてはいない、それはわかる。むしろそこそこ気に入られているのではないかとさえ感じる瞬間があるし、きっと信用されてもいる。しかし、だからこそ、理由を明らかにすることなく依頼を引きあげようとする桐生の言動はやはり理解しがたい。

それだけ彼の背後にある事情は複雑で、ぱっと見ただけでは解けない謎《なぞ》が潜んでいるというわけか。

「……篤兄さん、大丈夫ですか。どうしたんですか？　桐生さんになにかいやなことを言われましたか？」

　机にへばりついている篤に、おそるおそるといった口調で知明が声をかけてきた。それでもしばらくその姿勢のまま黙り込んでから、ようやく顔を上げてふるふると首を左右に振り気分を切りかえ、知明に対して簡単に説明をした。

　昨夜、例のＳＮＳへの書き込みを見せたら、桐生が意味深な反応を示したこと。そして今日、依頼を打ち切ると電話してきたこと。いくら頼りにしているとはいえ、高校生の甥に明かせるのはそこまでだ。

「桐生さんにはオノヅカの書き込みに、というよりオノヅカってやつ自身に心当たりがあるんじゃないか。でなけりゃいきなり、もうミオを探さなくていいなんて言わないだろ。高い差し入れ持って様子を見に来るほど、あんなに心配してたのに」

「なるほど。あの投稿から桐生さんには、ミオちゃんがいなくなったのがなぜなのか見当がついたんですかね。そして、下手に便利屋が動くと不都合が生じると考えた？　なんだろう、まるで家族を人質に取られて、他人にはばらすなよって圧力をかけられたみたいなリアクションです」

「……ああ。確かにそんな感じだなあ。おまえは実に賢い」

知明のセリフにまず小さく吐息を洩らし、それから素直に同意を示した。人質か。いまある情報だけではなんとも判断できないが、あるいはミオの失踪《しっそう》には誰かのそんな意図が絡んでいるのかもしれない。まるで誘拐犯がちらつかせる脅し文句のようではないか、オノヅカの書き込みを見て確かに昨日自分もそう思ったのだ。

ミオを押さえてしまえば、それはすなわち桐生の行動を押さえることにもなる。彼を知るものならば大抵は彼が飼い猫を溺愛《できあい》していることも知っていると、桐生本人がいつだったか言っていた。

「知明。どうにも気になるからもうしばらくはＳＮＳをチェックしててくれないか。客から依頼終了と言われちまえば、はいでは忘れますと答えるべきなんだろうが、ま、忘れますと言いながらもこっそり陰で見てるくらいは許されるだろ。下手に動かなけりゃいいんだ」

椅子から立ちあがりひとつ大きくのびをして、中断していた大掃除を再開しつつ知明に言った。頼られたことが嬉《うれ》しかったのか知明はいやに素直に破顔し、そののちにいつも通りの小生意気な表情を見せこう言い返した。

「ええ、引き受けましょう。篤兄さんには無理な仕事でしょうから。僕が成果を上げたら今度は焼き肉を食べさせてください。カルビしこたま、ハラミとみすじ、卵スープと最後に冷麺《れいめん》」

「いいぞ。目玉の飛び出るような、お高級な焼肉屋に連れてってやるから、よろしく頼むわ」

「任せてください。おいしい焼き肉が待っていると思えば働かざるをえません」

ふたりで軽口を交わしながら、段ボールを抱え狭い事務所の中を行き来する。そのあいだも、心の中には複雑な感情がぐるぐると渦巻いていた。

桐生のことを知りたい。教えられないのだと示されても、知りたい。理解したい。そして、心に穴があくと言い空虚に笑った彼を、助けたい。

いつのまにか好きになっていた、惚《ほ》れた男のために、いまの自分にできることはなんだろう。


二日後の土曜日、約束の二十二時ちょうどに桐生自宅のインターホンを押した。

家の中を検分するため、カメラを設置するため、そして今夜。こうして彼の住まいを訪れるのは三度目だった。しかしいまほど自分の無力さを噛みしめつつ門の前に立つのは、はじめてだ。

前回、前々回と同じく名乗ると、『ロックはしていないから入ってきてくれ』とインターホン越しに指示された。相変わらず警戒心が緩い。こんな調子で敵も多いらしき芸能人が身の安全を保てるのだろうかと少々心配になる。

テレビモニタの向こうで颯爽《さっそう》と銃を構える強面刑事は、現実世界に姿を現せばこういうどこか隙《すき》のある、ただのひとりの人間なのだ。便利屋の事務所で愛猫の写真を見せ親馬鹿なまでに相好を崩したり、亡き恋人の話をして切なげで苦しげな色を瞳《ひとみ》に掠《かす》めさせたりもする、生身のいきものだ。

その、血を通わせ呼吸をし生きている男にはいま味方がいるのだろうか。頼れるものはそばにいるのか？

彼を助ける役割を担うのは、自分ではいけなかったのか。なにか事情があるにせよ、ただのちっぽけななんでも屋なんて、すべてを明かす相手とするには力不足か。

「こんばんは、東町萬屋です！　まずは玄関と庭の塀のカメラを外しちゃいますから、ちょっとうるさくします。いいですか？」

へこみそうになるおのれを心の中で叱咤《しった》し、ドアを開け家の中に向かって大声で言った。

ミオの件は引きあげると断じられた以上、猫を探す用途で取りつけたカメラをいつまでも残しておくわけにはいかない。

リビングのほうからひょいと顔を出し「ああ、頼む」と答えた桐生は、ルームウェアなのだろうざっくりとしたガウン一枚を素肌の上にまとっていた。風呂《ふろ》上がりなのか黒髪が少し湿っている。

いままではいくらラフとはいえシャツを着ていたので、はじめて目にする妙になまめいたその姿にどきりとしてしまった。どうやらこの男はすっかり自分に気を許しているらしい。先日ゲイだと告げたはずなのにまったく意識していないのか、男くさい美貌《びぼう》に誘惑の気配は微塵《みじん》もなかった。

見てはいけないものを見ているような気がする。返却するために提げてきたミオの玩具《おもちゃ》とキャリーケースを玄関へ置き慌ててドアを閉め、高鳴る胸を持てあましながら持参した脚立を立てた。鞄《かばん》から取り出した作業灯をその上部に固定し、玄関の上につけたカメラを慎重に取り外す。

次に、家屋の壁伝いに塀の内側を通り庭へ出ると、ガウン姿のまま桐生が煙草《たばこ》を吸っていた。ミオが逃げたと思われる窓をがらりと開け、一段低い庭に脚を組んで廊下に座り、どこか遠くを見るような目で夜空を眺めている。

先日、篤の頼みに応《こた》え庭で煙草を燻《くゆ》らせたときには、桐生は窓をきっちり閉めていた。

屋内に忍び込んだ煙で部屋ににおいがつかないようにという気配りだったのだろう。なのにいまは大胆に窓を開け放っている。

「ミオちゃんが帰ってきたときに、煙草の香りが残っていたらびっくりしません？」

塀の上に二箇所取りつけたカメラを外しながら、なるべくあっけらかんと問いかけたら、妙に落ち着いた声で返された。

「帰ってくるのかわからない。いや、おそらくは帰ってこないと思う」

「そう……なんですか？」

「もう失いたくないと願っていたのに自業自得、というよりは因果応報か。どうにせよ悪いのはおれだ、だから君にも、誰にも頼れない」

煙草を灰皿で押し消し桐生は静かにそう続けてから、「金を払うので玄関から入ってきてくれ」と篤に言い残し窓を閉めて部屋の中へ戻っていった。その後ろ姿はいつも通り背筋の伸びた美しいものだったが、どことなくさみしげで、隠し切れない孤独がまとわりついているように見えた。

悔しいと思った。

こんなときになにもできず、またなにも言えない自分が歯がゆい。そして、なぜミオは帰ってこないと考えているのか、その理由を彼にいっさい教えてもらえない自分が情けなくて、悔しかった。

秘密は守る、仕事には全力であたる、桐生もそれは信じてくれているだろう。それでも、いつかこの腕を掴《つか》みどうか見つけ出してくれと言いつのった彼は、もう自分を頼ってはくれないのだ。

とぼとぼと玄関まで戻り、壁に脚立を立てかけてから「おじゃまします」と声をかけて家に上がった。用意されていたスリッパを引っかけて廊下を辿《たど》り、こっちだ、という桐生の声に従ってリビングへ足を踏み入れる。

ソファに腰かけている桐生の前、芝居の台本らしき冊子が置かれたローテーブルの上にカメラを三台並べ、メモリカードを取り出した。それを、持参した三枚のカードとあわせて桐生に差し出す。

「データが入ってるのはこれだけです。一台につき二枚を交互に使ってたから全部で六枚。まあ、近所を散歩してるおじいちゃんの姿くらいしか映ってないけど、おれが持ってるのもなんですから桐生さんのほうで処分してください」

「ああ。ありがとう。ではおれからはこれを。相場がわからないが、足りるか」

「……こんなにいらないし、本当は一円だって欲しくないですけど、返しても無駄なんでしょうからもらいます。ありがとうございます」

口止め料も込みなのかやけに分厚い封筒についい眉《まゆ》をひそめ、それから溜息は隠して受け取った。口に出した通りいらないと言い張っても、桐生が相手では無駄であることはわかる。払うと告げた以上この男はなにがなんでも金を払うし、ここで意固地に突っぱねたら彼の面子《メンツ》を潰《つぶ》すことにもなるのかもしれない。

その場で書いた領収書を桐生に渡し、鞄の奥へ封筒をしまった。ついでに用なしになった三台のカメラを詰め込んでいると、そこで不意に桐生がこう呟《つぶや》いた。

「ミオは」

思わずぴたりと両手が止まってしまった。あとはさようならと頭を下げ永遠に縁を切って終わりだと、悔しさやらさみしさやらでぐちゃぐちゃになった頭の中で考えていたので、彼がいまさらミオの名を口に出したことは意外だった。

「……はい」

「ミオの名前は、三年前に死んだ恋人と同じなんだ。美しい情緒と書いて、美緒《みお》」

「……美緒」

桐生が声にしたセリフの内容もまた予想外で、彼の言葉を芸もなくくり返すことしかできなかった。ミオはいまこんな状況にあるだろう、ミオはこういった理由により帰ってこないのだと思っている。そんなことをようやく語ってくれる気になったのかと息を詰めて待っていたのに、桐生が明かしたのはもっと単純で、それからひどく胸に迫るひとつの秘密だった。

知らなかった。彼はいままで一度だってそんな話をしたことはない。

はじめて便利屋事務所の応接間で向かいあった日、ミオの名を告げた桐生が浮かべた切なげな表情を思い出した。あのときの彼は、姿を消した愛猫の名を篤に教えただけではなかったのだ。同時に、死んだ恋人の姿を脳裏に蘇らせてもいたのかもしれない。

夜の事務所で一枚の写真を見せられた。そこに写っていた綺麗《きれい》な男が三年前に亡くなった恋人なのだと説明はされた、とはいえ名前は聞かされなかった。

なのに、なぜいまだ。どうして桐生は、金を渡し依頼も終了とふたりのあいだにくっきり線を引いたこのときに、そんな重要な事実を自分に告げる？

桐生と自分はもはや依頼人と便利屋の関係ではない、つまりはまったくの無関係になったのだ。雲の上に住む芸能人にとっては、自分はすでに道ばたの石ころ程度の存在でしかないはずだろう。だからミオの名前の由来なんて馬鹿正直に打ち明ける必要はない。

「……なんでおれに、教えてくれるんですか。もう関係ないのに」

桐生に視線を向けてなんとか疑問を口に出しはしたが、動揺が滲《にじ》み出ていることは自覚できた。彼は篤のセリフに僅《わず》かばかり困ったようにを目を細め、「もう関係ないからだ」

と答えた。

彼の返答に、ますますわけがわからなくなった。関係ないから？　彼が言わんとすることがどうにも理解できない。

そんな篤の心中を察したのか、桐生は今度は微《かす》かに眉をひそめた。台本を読むようにはぺらぺらと説明できないおのれに焦《じ》れたらしい。そういう表情だと思う。

それから桐生は、おそらくは彼なりに可能な限り丁寧に、慎重に選んだのだろう言葉をゆっくりとした口調で声にした。

「三年前に美緒が事故死し、おれはひとりになった。家族もいない、恋人もいない、親しい友人もいない。だからミオをこの家に連れてきた。いい歳《とし》をした男がさみしさを紛らわせるために、死んだ恋人と同じ名前をつけた猫を飼いはじめたと知ったら、君は笑うか」

「……笑いません」

「君はきっとおれが、子どもみたいにさみしがりなことなんてもうわかっている。だが、君の仕事にはそんなのは関係ない。だから言わなかった。でももう君の仕事は終わった。そしておれと君は対等な、ただの人間と人間になった。ならば言ってもいいだろう？」

「はい」

ぎこちなく頷《うなず》いて返しながら、彼のセリフを必死に頭の中で整理した。前々からときに感じていたが、真摯《しんし》なときこそこの男はちょっとばかり言葉足らずになると思う。

腕を摑まれ、おれはもう失いたくないと言いつのられた日も、やはり意味がわからなかった。とはいえ、彼がそれ以上を説明したくないのなら追及するのはおかしいかと疑問はのみ込んだ。

しかしいまの桐生は、自身の感じているさみしさをすっかり告白したがっている。仕事に関係のないことは言わない、仕事は終わったのだから言ってもいい。そんな桐生の発言はつまり、おのが思いを篤に聞いてほしい、聞いてくれという意味であるに違いない。

彼は、言いたかったのだ。なのに、少々さみしいと零《こぼ》すくらいしかできなかったのだ。すかすかに乾いた弱々しい心の中を必要以上にさらしてしまえば、便利屋の仕事に無駄なノイズが入ると危ぶんだのかもしれない。

「二日前、君に電話をしたときから考えていた」

長い脚を組み、握りあわせた両手を膝《ひざ》に置いて桐生は静かに続けた。篤から目をそらしたのは、なにをどう言えばおのが心が相手に伝わるのかをじっくり考えたかったからだろう。

「現在の状況を詳しく話したくても、できない。どうしてもできない。ただ、おれがどういった心境で君の事務所を訪ねたのか、いまどんな気持ちでいるのかは君には知ってほしいと思った。でなければ君は勘違いをするかもしれない。おれは、君に誤解されたくない」

「……桐生さんにはひとに言えない事情があるってことと、ミオちゃんが本当に大事なんだってことは、わかります」

「そうだ。ミオは、大事だ。いまのおれには彼しかいないから」

ふと、痛々しいほどの苦悩を目に宿し、それを隠すためか桐生はそっと瞼《まぶた》を伏せた。とはいえ全然隠せてはいないなと思った。

ソファに座り目を閉じている彼からは、秘め切れない孤独と哀しみが滲み出ている。彼のまとうその翳《かげ》りを消してやるには、せめて薄めてやるにはなにをすればいいのか。懸命に考えて正解に近い答えを探す。

「ミオは、恋人を亡くしてあいたおれの心の穴を埋めてくれたんだよ。毎日毎日おれにまとわりついて、膝の上に乗って気持ちよさそうに眠って、そんなミオの姿を見ているときにはおれはさみしさを忘れられた。もう失いたくないんだ、また穴があく」

少しののちに桐生は目を開けて、篤には視線を向けぬまま言った。黒い瞳はもう冷静さを取り戻しているようにも見えたが、彼を包む空気が依然暗く翳っていることには変わりない。

もう失いたくないと桐生が口に出すのは二回目だ。はじめて聞いたあの日はいまいち理解できなかった言葉の意味が、いまならわかる。

彼は過去に美緒という名の恋人を失った。いままた同じ名を持つ愛猫がいなくなってしまえば、ミオによって一度は塞《ふさ》がれた彼の心の穴はさらに深く大きくなる。そんな痛みには耐えられない、二度も愛するものを失うのはいやだ、あのときの彼はそう言いたかったのだ。

しかし先刻煙草を吸いながら、ミオは帰ってくるのかわからない、おそらくは帰ってこないというようなことを桐生は言った。そのセリフが事実であるならば、彼の心にあいた穴はどうなるのだろう。

また空洞に戻ってしまうのか。誰にも塞げないか、埋めることはできないのか。

「だからミオを探してもらうために、君のところへ行った。最初に訪れた探偵事務所で、君ならばそうした仕事に慣れているし、このあたりの土地勘もあるから、必ず見つけてくれると言われた」

「必ず見つけられるとおれも信じてました。力不足ですみません」

「見つけてくれたじゃないか。どこかで迷子になっているんだろうという想定とは違ったが、君はミオを見つけてくれた」

ＳＮＳに投稿されたミオの写真を、という意味だと思う。あれは自分ではなく知明の仕事なので、はいと答えるのもおかしいかと、桐生の視界の外で曖昧《あいまい》に頷いた。

「ここで依頼を引きあげるのは、ただのおれの身勝手だ。君には任せられないとか信じられないとか、そういうんじゃない。それは、わかってくれ。誤解しないでくれ」

「……あなたが身勝手だとは思ってないです。本当は引きあげる理由を聞きたいけど、無理に聞き出そうとも考えてないです」

「君を信じて頼った気持ちに嘘《うそ》はないんだ。君は、おれにとってミオがどれだけ大切な存在であるのか把握したうえで、一生懸命彼を探してくれた。感謝している。だから、もう客と便利屋じゃなくなったいま、君だけには、ミオが家に来た理由を聞いてもらいたかった」

信じて頼った気持ちに嘘はない、感謝している、桐生が声にしたそんなセリフに胸のあたりが熱くなった。ただのちっぽけなんでも屋だから芸能人の相談相手にはなれないのか、そう思って少々落ち込みもしたが、桐生は自分を軽視しているわけではないのだと理解しほっとする。

それから、君だけには、という言葉に今度は嬉しさを感じた。桐生がさみしさを告白しているのに嬉しくなるなんて申し訳ない、とは思っても感情を殺せない。

ミオの名前の意味、なぜ猫を迎え入れたのか、それを桐生は自らの口から語った。きっと桐生にとってはそう簡単に他人に話せることではない、というより、君だけにはと告げた以上彼がそれを誰かに明かすのははじめてなのだと思う。

ならば軽視しているわけではないどころではなく、この男は充分に自分に心を開いているのではないか。言えない秘密は確かにある、それでもここまで赤裸々におのれの姿を見せてくれる。

台本を置いた素顔を教えるほどに桐生は、もう便利屋としてここにいるのではない自分を重んじているのだ。嬉しい、湧《わ》きあがるその感情をどうして抑え込めるだろう。

そしてまた、彼の翳を薄めてやりたいという先ほどと同じ願いが、同時に、より強くこみあげてきた。慰めてあげたい、桐生を癒《い》やしたい、何度も覚えたそんな思いがいままで以上に大きくなって心の中にぎゅうぎゅうに充《み》ちる。

目の前にいる、子どもみたいにさみしがりな男を、助けたい。彼の心にあいた穴を、自分が埋めたい。

「……ミオちゃんは、亡くなった恋人の身がわりですか」

しばらく黙って考えてから、小声で問うた。その言葉になにを感じたのか桐生はそこでようやく篤に視線を向けて、ひどく真剣な目をして答えた。

「はじめはそうだった。ミオを連れて恋人が死んだ蒼沢湖に何度か足を運んだよ、女々しいな。しかしいまは違う。おれの心にあいた穴を埋めてくれたのは、死んだ恋人のかわりとしてのミオじゃない。ミオ自身だ。誰も誰かのかわりにはなれない、かわりにしてはならない。それをミオに教わった」

「あなたはきっと、すごく誠実なひとなんですね」

「誠実なひとは恋人をひとりで湖に行かせはしないがね」

苦しげな自嘲《じちょう》の笑みを浮かべて言った桐生に、助けたい、という衝動を今度こそ抑え切れなくなった。強《こわ》ばる足をぎくしゃく動かしてソファに座っている桐生に歩み寄り腰を屈《かが》め、いつかと同様に右手でそっと頬《ほお》を撫《な》でる。

桐生はまずあの日のように目を見開いた。それから、今夜は身を引くのではなく、左手で篤の右手を摑んだ。

自分から触れておきながら、手首を握られたことに驚きびくりと肩を揺らしてしまった。桐生の手は力強く、まるで逃がさないと篤に告げているように感じられた。彼の行動が前回と異なるのは、もう便利屋とその客ではないから、対等なただの男と男になったのだから篤のてのひらを退ける必要もないという意味なのだろう。

「おれを慰めるのか」

低く問うた桐生の声には、明らかに、それまでとは違う感情が含まれていた。痛みや哀しみだけではない、苦しみとも違う。なにかもっと生々しくて、なまめかしく濡《ぬ》れていて、それでもなお彼にふさわしい真っ直《す》ぐな感情だ。

駆け引きめいていながらも切実な男の声色だなと思った。少なくともこの手から逃げないだけ彼は自分に心を許している。というより、手首を摑む程度には他人の、ではなく目の前にいる自分の体温を欲しているのかもしれない。

ひとつ大きく深呼吸してから、なるべくはっきりとした口調で答えた。

「慰めます。おれはあなたが失った恋人にはちっとも似てないけど、そうできるなら身がわりにしてください。ミオちゃんみたいに大事にしなくていいですよ、おれ自身なんか見なくていいから」

「なぜ？　君はそこまで優しい男なのか？」

不意に桐生が見せた美しくて色っぽい上目づかいに、派手に心臓が高鳴り出した。間違いなく彼はいま性的な意味合いでこの手を摑んでいるのだと再確認させられる。もしここで返答を間違えたら、気が削《そ》がれたと彼はきっとあっさり手を離してしまうだろう。そう思うと余計に緊張した。

慰めたい。その願いは彼のためというばかりではない。助けたいとか救いたいとか一見お優しくてお綺麗な望みは、認めてしまえば誰にとっても、そうすることで相手と同時に自分をも満足させたいという欲であるには違いない。

少しのあいだ無言で悩みはしたが、焦っていたせいか洒落《しゃれ》たセリフはひとつも考えつかなかった。しかたがないので半ば睨《にら》むように桐生の目を真っ直ぐ見つめ、結局は単純に、正直な思いを口に出した。

「おれは優しいわけじゃない。桐生さんが好きだから、それにもう仕事上の関係はないから、さみしがりなあなたをただのひとりの男として、おれのためにも、慰めます」

そのとき桐生が浮かべた仄《ほの》かな笑みは、実に素晴らしいものだった。漂う切なさや哀しみは綺麗に晴れはせずとも、確かな欲がそれらの色合いを絶妙に変化させている。

傷あるものの本能なのだと思う。そう自覚しているのか無自覚なのかはわからないが、彼はこの手を摑むことで、心にあいた穴をひとときでも塞ごうとしているのではないか。

彼がいま望んでいるものは純粋な快楽というより、それによる空虚の忘却だ。

ならば絶えない苦痛を劣情で塗り潰してくれ、交わる熱で一瞬だけでいいから悲哀を捨ててくれ、そのためであれば亡きものの身がわりになることもいとわない。口に出した言葉はつまりそういう意味だ。

そして、桐生が憂いを払うべく手を伸ばす相手は、彼に恋をしている、彼に惚れている自分であれ。

美貌を彩る微かな笑みにもう少し見蕩《みと》れていたかった。しかしそんな余裕は与えられなかった。ソファから立ちあがった桐生に、握りしめられたままだった手首を強く引かれ思わずよろめくと、支えるように左の肩を摑まれてすぐに唇を塞がれた。

桐生の動きには少しの躊躇《ちゅうちょ》も遠慮もなかった。相手の反応をうかがうそぶりもなく、あまりにも慣れた舌がぬるりと挿し込まれる。丁寧な行為でわざわざ様子を見ずとも、篤が決して抗《あらが》わないことを知っているからこその強引さなのかもしれない。

「あ……っ、は、あ」

突然の荒っぽいくちづけに、驚いた。しかしそれも一瞬だった。厚くあたたかい舌で口の中を舐《な》め回されて、その生々しさにあっというまに夢中になった。ようやく離された右手を桐生に伸ばし、縋《すが》るようにガウンをぎゅっと握りしめる。

思い起こすまでもなく、桐生とはいままでまともに触れあったこともなかった。せいぜいが腕を摑まれるとか、その程度だ。そんな男が甘い口説き文句も抱擁も省き唇に唇を重ねて、まるで動物みたいに相手を捕食しようとしている。

急いているというのではないだろう。先ほども感じたように、彼はそうして逃がさないと篤に示しているのだと思う。

桐生の舌は苦い煙草の味がした。毒の味だ、このキスはきっと知ればはまる毒だ、そう考えたらどうしてか妙に高ぶった。

「ふ、んぅ……、は……っ」

「目を開けて、おれを見てくれ」

いったん唇を離した桐生にそう指示されて、いつのまにか閉じていた瞼をおそるおそる上げると、じっと自分を見つめている黒い瞳が目に映った。その眼差し《まなざ》しにぞくりと、正体の知れない興奮が足もとから這《は》いあがってくるのがわかった。

この男はいま自分を見ているのか。目を瞑《つぶ》ってしまえばくちづけの相手が誰であるか忘れたふりもできるはずなのに、わざわざそうして確認しているのか？

「君はおれのことが好きだから、ただのひとりの男として、君自身のためにも、さみしがりなおれを慰めるんだろう？　君が言ったんだ。ならばおれを見ておれを欲しがってくれ、おれが好きだと言ってくれ、もっと」

吐息の触れる距離で囁《ささや》かれて、小さく頷いた。色気のある言葉も思いつかず、危なっかしく本心を声にする。

「好きです。だからあなたが、さみしがっているのは、いやです。おれで、そんなの、忘れてくれ、いまだけ」

「それだけか」

「……抱いて、くれよ。おれは好きな男に抱かれて、嬉しい、あなたは少しだけ、さみしくなくなる、他に、なにが必要なんですか」

「そうだ。慰めるつもりならそこまで言え」

低く告げた桐生に再度唇を封じられて、言い訳を返すこともできなくなった。抱いてくれと口に出してからようやく、それもまた自分の望みなのだとはっきり自覚する。慰めたい、癒やしたい、助けたい、その感情は間違いなく本物だが、同時に桐生に抱かれたいという欲も本物だ。

汚くて利己的な望みだと思う。もしかしたらこんなのは桐生の弱みにつけ込んでいるだけではないのか、そんな疑問がむくむくと湧いてくる。しかし彼は篤の返答に満足したらしく、先ほどまでよりもいやらしくてじっくりとしたキスをしかけてきた。

舌が絡まる感触に目を閉じ酔いたくなるのをなんとかこらえ、桐生の瞳を見つめたままくちづけに応えた。桐生がやっと唇を離したのは、互いにたっぷり唾液《だえき》を啜《すす》りあい篤の膝も崩れそうになるころだった。

「桐生、さん、待って、ください……、足動かない」

強く手を引っぱられ慌てて白状しても、桐生は特に気にしていないようだった。よろめく篤を半ば引きずりリビングから廊下へと連れ出す。

「キスひとつで歩けない？　そんな調子でおれを慰められるのか？　リビングで押し倒されたくなかったら頑張ってついてきてくれ。それともお姫様みたいに抱きあげてベッドまで連れていってあげようか」

「あ、るけます。いや、歩きます、から、やめてください」

「冗談だよ、冗談。君は可愛《かわい》いな」

桐生の言葉に恥ずかしさがこみあげ慌てて拒否したら、さらりと言い返された。この男はこういう人物だったろうかとびっくりし、先に立つ桐生の背をまじまじと見つめてしまう。

ミオ、あるいは美緒に関することを語るとき以外は大抵の場合無表情で、多くを喋《しゃべ》る男ではない。強面で取っつきにい、そんな印象を他人に抱かせる俳優だ。それがこうしたシーンでは、冗談だよ君は可愛いな、なんてセリフを平気で吐く男に変わるわけだ。

知ったつもりになっていたが、自分は彼の素顔をまだほんの一面しか見ていないのかもしれない。その認識は、思いあがっていた自分への呆《あき》れとちょっとした悔しさと、また、ぞくぞくするほどの期待を連れてきた。

ならば桐生はいまから他の顔も教えてくれるのだろうか。自分はもっと生身の彼を知れるのか。

連れていかれたのは広くも狭くもない寝室だった。芸能人らしからぬごく普通の一軒家にふさわしい、ダブルベッドと棚がいくつかあるだけの簡素な一室だ。やはり逃がしませんよという意味なのかシャワーは省略するらしい。

篤を部屋に通しドアを閉めた桐生に、さっさとシャツのボタンを外されて少々焦った。優しく扱ってほしいと願うほどうぶではなくてもさすがに戸惑う。

それでも今度は、待ってくださいというひと言はのみ込んだ。逃がさない、だけでなく彼はきっと、抱いてくれと乞《こ》われたからにはその通りにふるまうので君も覚悟しろ、と態度で示しているのだと思う。

ためらいなくキスをする唇と同じく慣れた手で、あっさりシャツを脱がされた。確かにお偉そうなセリフを口に出したのだからこのままぼうっとしているのも情けないかと、桐生のてのひらが肌に触れる前にそのガウンに手をかけた。

「桐生さん。あなたの恋人は、どうやってあなたを愛したんですか。いまのおれはそのひとの身がわりだから、同じように、なんでもします」

平然と告げたいのにどうしても語尾が揺れた。自分で口に出した身がわりだからという言葉に勝手に苦みを感じたのか、なんでもしますと言い切ったおのれに怯《ひる》んだのかはわからない。

桐生はなにを思ったのか短く、ふ、と吐息を洩らし、「そんなことを言わないでくれ」と低く返した。それからガウンを握ったまま強ばっている手を離させ、これもまた手慣れた様子で篤をベッドに押し倒した。

急に視界が回ったのでびっくりした。あとからベッドに乗ってきた桐生に、まったく迷いのない手つきでこれまたあっさり下着ごと服を剝《は》ぎ取られ、さらに驚いた。この男がこうした行為に慣れていることはもうわかった、とはいえ彼の動きはあまりにもなめらかで、それこそまるで冗談のようだと思う。

「なぜそう驚いた顔をしている？　君はさみしがりなおれを慰めたいし、おれに抱かれたいんだろう？　男をその気にさせておいていまさら逃げられると思わないでくれよ」

見あげた視線の先で桐生は複雑な笑みを浮かべてそう言った。確かな欲と、そしてなんともいえない切なさが入り交じったような微笑《ほほえ》みだった。

つい目を瞬《しばたた》かせてから、慌てて「逃げません」と返した。そのひと言の裏に押し込めたつもりではあったが、彼の表情に感じた胸の痛みは隠せていなかったかもしれない。

そんな顔をして、桐生はいまなにを考えている？　誰の服を引きはがしても帰ってはこない美緒を思い出したか、服を引きはがされてなお美緒にはなりきれず目を丸くしている篤を哀れんだか、どちらなのだろう。

あるいはこの状況に身を置いているおのれにこそ嫌気がさしたか？　そうではなくもっと違う感情があるのか？

慰めたい、そんな願いだけでは桐生を一瞬も救えないのかもしれない。このときだけは心の穴なんてすっかり忘れてほしいのに、彼はそうして苦しみと自嘲を滲ませ切なく笑うのだ。

だとしても、そこに欲情が覗《のぞ》いている以上は、やっぱりやめましょうなんて口が裂けても言いたくはなかった。誰かを寝室へ引っぱり込む程度には、桐生曰《いわ》く彼がその気であるのなら、口に出した通り絶対に逃げはしない。

「いい子だ。では、たっぷり気持ちよくなっていやらしい顔を見せて、おれを夢中にさせてくれ」

「うぁ、桐生さ、ん……っ。これじゃ、おれ、ばっかり……、おれも」

「おれは、欲しいから入れてくれと相手にねだらせるセックスが好きだ。君がおれになにかしたいというのなら、一生懸命感じて汗だくになって本気でおれを欲しがってくれ。そうも緊張した顔をしているのに、無理に触ってくれなくていいよ」

桐生の指先が肌を辿りはじめたので同じようにしようと上げかけた手を、そんなセリフで制されついひくりと唇の端を引きつらせた。それはつまり触るなと示しているのか、自分は美緒ではないからか、それとも他に意味がある？　同じベッドの上にいるのに彼の心の中がなかなか見えてこない。

触りたいんだ、触らせてくれ、あなたも気持ちよくなってくれ、そう言いつのる前に、覆いかぶさってきた桐生にキスで声を奪われた。舌で探られわざとらしく唾液を流し込まれてしまえば、飲み込むのに精一杯で言葉なんて出てこない。

「ん、ふぅ、は……、あ、あ」

桐生は深く唇を重ねたまま、右のてのひらで篤の身体《からだ》を撫で回した。どこにどう触れれば相手が興奮するのかをよく知っている男の手だと思う。じわじわと湧いてくる快感に息が上がりキスが苦しくなってくるころに、察したのか桐生が唇を離してくれた。

「あ……！　は、駄目、だ、それ……っ」

その唇で、今度は強く乳首を吸われて掠れた声が洩れた。彼の片手にゆるゆると呼び覚まされていた快楽が、途端に、細い針でも刺されたように鋭くなる。

しかもいま、自分の胸に顔を伏せているのは、他の誰でもなく桐生なのだ。顔を合わせて話をするごとに、また、ひとり彼を想起するたびに徐々に惹《ひ》かれていった男だ。そして今夜自ら抱いてくれと口に出した相手でもある。好きだ、とも幾度か言った。その男にこんなふうにされたら、快感を逃がすことも声を殺すこともできなくなる。

「き、りゅう、さん……っ、噛まない、で、気持ちいい、から……！　あぁ、も、すごくぞくぞく、して、変だ」

じっくりと舐めあげられ、歯を立てられて全身に鳥肌が立った。気持ちがいい。乳首をいじられるくらいでここまで高ぶるなんてと自分が少し怖くなる。とはいえ相手は桐生なのだ、黒髪を引っ摑んでやめさせることもできない。

篤の訴えには耳を貸さず、というよりさらに愛撫《あいぶ》を濃いものに変えて、桐生はしばらく乳首をもてあそんでいた。彼がようやく顔を上げたのは、抑え込めない快感で篤の肌にじわりと汗が滲みはじめたころだった。

はあはあと息を弾ませながら見つめた先で、桐生が雑に右手の甲で自身の濡れた唇を拭《ぬぐ》った。それがとてつもなくなまめいた仕草に見え、余計に心臓が激しく鼓動する。

「君は素直だな。少し乳首を舐めただけでこれか？」

からかうようなセリフを口に出した桐生に、次にためらいなく性器を握られて、思わず派手にびくっと身体を揺らした。すでに屹立《きつりつ》していた性器をわざとらしいまでに優しくやわらかく扱《しご》かれる刺激がもどかしく、やめてくださいと洩らすかわりに半ば睨みつけて言い返す。

「あっ、も……っ。勃《た》ったら、悪いの、か、よ……っ」

「いや？　悪くない。素直な身体は好ましいし、君のような男前が焦れている姿を見ているのは気分がいい」

「は……っ、もう、いいだろ……っ、焦らす、の、やめて……、ちゃんと、擦《こす》って、ください、いっ」

いつまでたっても緩いままの愛撫にかえって全身が熱くなり、気の急くままに必死に乞うた。中途半端な快感が肌の奥で渦巻いて、シーツを握りしめる指先も、つま先までもが小刻みにかたかたと震えてしまう。

その姿が気に入ったのだろう。まさに、気分がいい、といった口調で桐生に低く問いかけられた。

「このまま擦っていかせてあげても構わないが、君はそれで満足か？　他に言うことがあるんじゃないのか」

「……あなた、は、そういう、ひとですか」

「おれはこういう男だよ。嫌いになるか」

目を細めた彼に再度訊ねられて、ついきつく唇を嚙み首を横に振った。はい嫌いになりましたなんて答えが返ってくるとはもちろん彼は考えていまい。そんなところが狡《ずる》いと思う。それから、相手がこの男であれば、また、そうして満足げな眼差しで見つめてくれるのなら好きだとも思う。

「おれがどんなセックスが好きか、君はもう知っているだろう」

妙に穏やかな声で誘いかけられ拒めもせず、嚙んでいた唇を解き、先ほど教えられたセリフをそのまま口に出した。

「桐生、さんが、欲し、い、から……っ、入れてくだ、さ、い」

「本気で言っているか？　それともおれに強いられたからか」

「もう……っ、早、く、してくれ……！　おれ、は、本気だ、あんたを、よこせ……っ」

促すようにやんわりと性器を擦られながら、なんとか言いつのった。語尾は掠れたし言葉は荒っぽくなったが、この状況だ、いまさら構っていられない。

篤の口調が意外だったのか桐生は幾度か瞬《まばた》きをして、それから「素晴らしいな」とひと言声に出し性器から手を離した。反対の手で彼がベッドサイドの棚から取り出した、使いかけのジェルのチューブを目にし、思わず身体を強ばらせる。

見るからに性行為に用いるものだろう。美緒とセックスをするときに使っていたのか、その後気まぐれに誰かと寝た際に買い求め残りをそこへ放り込んであったのか、あるいはマスターベーションに使用しているのかはわからない。

しかし訊ねるのはやめた。答えを知ったところでこれからなにをするかが変わるわけでもないのだから、そんなことはどうでもよい。

「本当に、いいのか？　いやならそろそろ拒否しないと、あとは止まらないが」

片手にジェルを絞りながらそこで桐生はひどく冷静にそう問うた。それまでとは異なる声に、ここで下手に駄目だの待てだの言えばこの男は本気で行為を中断するのだろうなと思い、じわりと焦りを覚える。

慰めます、好きです、そう告げた自分を彼は試しているのか。

「……おれ、を、なめないで、ください」

真っ直ぐに桐生を見つめ、言葉を選んで声にした。先ほどまでの焦れったい愛撫で乱れていた呼吸はまだ落ち着かず、みっともない抑揚になる。それでも彼は気にしないだろうし、もちろん自分も気にしている場合ではない。

「おれが、欲しがったんだ。いやなわけない。好きだから、抱いてくれって、さっき言いました。忘れましたか」

「おれがいまなにを考えていても？」

篤の視線を受け止め、桐生はやはり静かに言った。黒い瞳には確かに情欲はある。だが、きっとそれだけではない。先刻と等しく切なさが入り交じった、どこか複雑な目をしているように見える。

「たとえば、篤くんのことを美緒とは少しも似ていない、まったく違う男だと思っていても？　君は美緒の身がわりがいいんだろう、君自身を見られたくないんだろう？　それでもいやにならないか」

「おれの答えは、変わらないです。あなたが、さみしさを、ちょっと忘れて、おれは、好きな男に抱かれて嬉しい。他は、どうでもいい」

「そうか。君は常に真っ直ぐな男だ」

細く小さく吐息を洩らしてそう呟き、それから桐生はふっと眼差しの色合いを変えた。彼の表情に僅かばかりの甘さが混じりほっとする。細かな感情はさておき、とりあえず意思だけは通じたらしい。

脚を開くよう指示され恥ずかしさは殺して従った。膝の裏に両手を入れて自分で押さえ、これでいいのかと視線だけで問うたら、桐生は今度は篤を見下ろし満足そうに目を細めた。彼が時折見せるその表情は好きだと思う。

つい見蕩れる篤を宥《なだ》めるでも褒めるでもなく、また特に丁寧でもない手つきで桐生はべったりとジェルを塗りつけてきた。まったく迷いのない動きですぐにその場所へ指先を押し込まれ、抑えられない声が散る。

「あ……！　指、そん、な……っ、桐生、さんっ」

正直少しびっくりした。さっさと服を引きはがしておきながらろくに性器を扱いてもくれなかったので、相手を焦らすのが好きな男なのかと考えていたのに、そうでもないようだ。

「見る限り経験がないわけではないだろう？　おれの指を咥《くわ》え込んで、上手に気持ちよくなってくれ」

指先を使い入り口のあたりを緩めながら桐生が低く言った。あからさまに興奮を表すものではないが、ついいま聞いた冷静な声でもない。瞑ってしまいたくなる目を開け見あげた先で、彼は明らかに黒い瞳へ劣情を宿していた。

「うぁ、あ……っ、な、か、入って、くる」

入り口を解《ほぐ》した指がじわりと、さらに中に侵入してくる感覚にびくっと身体が揺れる。いま自分を開いているのは桐生だ、そう思ったら、小さな驚きや身体を広げられる違和感が一瞬で快感に変わった。

この男に、触れられてはならない場所に触れられている。ここに入れる、つながるのだとためらいのない動きで示されている。

「や……！　あぁっ、そこ、駄目、だ……！　駄目」

不意に、やわらかく前立腺《ぜんりつせん》を押し撫でられて半ば悲鳴のような声が洩れた。こみあげていた快感がより鮮やかなものに変わり、呼吸が不規則に跳ねる。

怖いくらいの刺激を逃がしたいのに、桐生の言った通り経験がないわけではない身体は貪欲《どんよく》で、もっとくれとでもいうかのように勝手に彼の指をきゅうきゅうと締めつけた。力を抜こうとしても意思ではどうにもならない。

それが気に入ったのか、じっくりと指先で篤を追い詰めつつ桐生が愉快そうに笑った。

「駄目だ、という反応ではないね。実に物欲しげだ」

「はぁ、本当、に、駄目なんだ……っ。それ、いっちまう、から、やめ、て……、やめて、ください……っ」

「心配しなくてもおれが入れるまではいかせない。こんなふうにおれのペニスを締めながら、気持ちがいい、もういきたいとねだる君の姿を見てみたい。きっと可愛いだろう」

「あ、あ、開く……っ、いき、なり、増やす、な……！」

巧妙な力加減で弱点をもてあそんでいた指をぬるりと抜かれ、次に二本、遠慮もなく挿し入れられて高い声を上げた。痛みはなかったが、急に増えた異物感に余裕を奪われ口調が乱れる。

その篤を見下ろし桐生はさらに満足そうに、にっと笑った。先ほど浮かべた複雑な微笑とは異なる、ただ単純に行為を楽しみはじめている表情だ。

驚きと同時に迫《せ》りあがってきたのは、よろこびだった。この男は確かに、いま自分を相手にひとときも憂いを放棄しようと決めたのだ。でなければこんなふうには笑えないと思う。ならばさみしさなんて捨ててくれ。いまだけでいいから心にあいた穴を忘れてくれ。余計なことなど考えずに、抱いてくれ。心底からそう願った。

桐生の手つきは決して優しくはなかった。どこをどうすれば男の身体が開くか、どこまで広げればいいのか完全に把握している手順で指を使われて、引きつっていた腕からも足からも強ばりが解けていく。

「も……、きりゅ、う、さん……っ。もう、入る。入れて、くださ、い……っ」

入れてもいいか、と言われる前に結局篤からそう乞わされたのは、桐生の計算通りなのだろう。

「そうか。おれが欲しいのか？」

ぐちゅぐちゅとわざとらしく音を立てて指を出し入れされながら問われ、何度も頷いて返した。指では届かない身体の奥がずきずきと疼《うず》いてしかたがない。当然これも桐生の思惑通りであるに違いない。

「はぁ、あ、欲しい……、ほ、しい、です……っ。入れて、ください……っ、早く、入れて、くれ」

「おれは君のように素直で真っ直ぐな男は好きだよ」

ようやく指を抜いた桐生に、軽く脛《すね》にひとつキスをされ、この男でもそんな甘ったるいことをするのかと幾ばくかびっくりした。それから、好きだよ、のひと言にじわりと嬉しさが湧く。

美緒とは少しも似ていない、まったく違う男だと思っている。そう言った同じ口で彼は、君のような男は好きだとも告げるのだ。君が好きだ、という意味からは遠いのだとしても充分だ。

ジェルで濡れた手を棚から取り出したタオルで拭《ふ》き、桐生は雑にガウンをくつろげた。どうやら脱いではくれないらしい。それでも、ちらりと覗いた彼の性器がしっかりと勃起《ぼっき》しているのはわかった。

彼はこの身体をまさぐり興奮したのか。触れてもいないのに勃つほどにか。そう思ったら、すでに火照《ほて》っていた肌がますます熱くなった。

「では入れてあげよう。そのまま、脚を開いておとなしくしていてくれ。下手に抗うと君が苦しい」

躊躇なく覆いかぶさってきた桐生に指示され、はいともいやだとも言えずもう一度頷いて返した。自らねだったくせにいざ入れてあげようと告げられると、巧みな愛撫で緩んでいた手足もさすがに強ばる。

それが伝わらなかったはずはないが、桐生はここでもやはりためらいは見せなかった。硬い性器でぬるぬるとジェルに濡れた場所をなぞり角度を計ってから、すぐにぐっと先端を押し入れてきた。

「ああ！　あッ、や……ッ、あ、あ……！」

今度こそまともな言葉も発せず、甲高い声を上げた。桐生の性器が食い込んでくる感覚はそれほどに鮮烈だった。久しく誰とも交わっていなかったせいなのか、単純にそれが事実なのか、のみ込まされる異物がやたらと太く感じられて全身が汗ばむ。

は、は、と動物みたいに息を乱していると、強引でもなく、かといって手ぬるくもない動きでじりじりと腰を進めつつ桐生が囁いた。

「痛いか？　無理をさせているつもりはないが」

「は、あ、い、たく、ない……、ただ、太い……っ」

慌てて首を横に振り、掠れた声でなんとか答えた。痛いだとかつらいだとか言えばきっとあっさり抜いてしまう、桐生とはそういう男だ。肌を重ねるのははじめてでもそれはわかった。

篤の返事が気に入ったのか、桐生はそこで微かに笑い問いを重ねた。

「そうか。太くて、気持ちいいか？」

「いい……。気持ち、いい。おれ、の、中、あなたの、形に、広がってる……、ぎりぎり、まで、開いて、る……っ」

「ならば、もっと深く開いてみよう。最後まで味わってくれ」

「うぁ、あッ、あ……ッ、だ、め、あぁ……！」

いきなり、ずぶりと一気に根元まで突き立てられて悲鳴を上げた。見開いた目を閉じることもできないほどの衝撃だった。そうしても大丈夫だと桐生は判断したのだろうが、受け入れるほうとしては大丈夫もなにもない。

過去には知らなかった奥までこじ開けられている。そんなところまで暴かれていいのか、誰かの侵入を許してしまっていいのかわからなくなり混乱した。

「痛いか？」

桐生は先と同じ問いをくり返した。もう声も出ず、ただ危なっかしく首を左右に振ってみせると、彼は篤の呼吸が落ち着くまでいくらか待ってから、ゆっくりと腰を使いはじめた。

「あぁ……、な、か、擦れて、気持ち、いい」

大きく息を吸って、吐いて、それから正直に口に出した。目の前がちかちかするほどの衝撃が去ったあとに押し寄せてきたのは、全身が痺《しび》れるような快楽だった。

気持ちがいい。たまらなく気持ちがいい。ぎちぎちに広げられじっくりと掻き回されて、頭がおかしくなってしまいそうだ。

「そうか。おれも気持ちがいい。君の内側はあたたかくて、それから少しだけ狭い。絞られているようで、いい」

「おれ、の、身体……、好きで、すか」

「そうだな。好きだよ」

おれも気持ちがいい、好きだよ、桐生が告げた言葉に心を射られた。吐息を震わせ思わずぎゅっと性器を締めつけると、彼は笑みの形に目を細めた。彼らしいようならしくないような、うっとりするほど官能的な表情だと思う。

桐生の律動は穏やかなものだった。篤がなじむまではと気をつかったのだろう。まるで、いたって普通の情あるセックスみたいだ。すっかり敏感になっている中を擦られる快感に酔いながらそんなことを考えて、胸のあたりが僅かに痛くなった。

この行為に情はあるのか。少なくとも自分には、ある。しかし、おそらく桐生にはそんなものはない。抱いてくれと頼んだのは自分だし、そのうえろくに美緒の身がわりにもなれていないのだ。だから彼にあったとして好奇心か興味、もしくは必死な表情をしていた篤への憐憫《れんびん》だとか、せいぜいがそんなところであるに違いない。

「君はいい反応をする。本当に、気持ちがよさそうだ」

篤の心に湧いた小さな苦みを感じ取りはしたと思う。桐生の囁きに甘さが増したのは、だからこそだろう。なにを考えているんだとあえて訊ねず相手の意識をセックスに引き戻すやりかたは、彼の優しさなのか、無関心ゆえの残酷さなのかわからない。

「もっと感じてくれ。もっと。いまおれは君を抱いている、それ以外になにが必要だ?」

「あ……っ、それは、駄目だ……。だ、め、いきそう」

不意に、硬い先端で前立腺のあたりを刺激され、びくびくと身体が跳ねた。ちくりと胸を刺した痛みはあっというまに消え、かわりに愉悦の波が押し寄せてくる。

こんなふうに追い詰められたらもう意味のあることも考えられない。いまにも弾《はじ》けてしまいそうな快感をなんとかやりすごそうとぎゅっと目を閉じたら、今度はわざとらしいくらいに色めいた声で囁かれた。

「篤。いきたいか」

　はじめて呼び捨てにされたことに対する驚きは、一瞬で興奮に変換された。肉体のみならず精神にまで彼の存在を挿し込まれ掻き乱されているような感じがする。それくらいいま自分と彼との距離は縮まっているのだ。

「篤」

「い、きたい……っ。いかせ、て、くれ。いかせてっ」

　くり返し名前を呼ばれて、がくがくと頷きながら必死に乞うた。そういえばこの男は先ほど、気持ちがいい、もういきたいとねだる君の姿を見てみたいなんて言っていたな、不意にそんなことを思い出し、すぐに忘れた。

　桐生が、ふ、と吐息を洩らす音が聞こえた。笑ったのだと思う。満足そうな彼の表情が、きつく閉じた瞼の裏に見えるような気がした。

「君は可愛らしいな。いいよ、いけばいい。さあ、いけ」

「あ……ッ！　無理……、いく、もう……、あ、あ！」

　その通り、どこか嬉しげな声を吹き込まれながら促すように弱点ばかりを突かれ、もう我慢もできなくなった。ぎりぎりと桐生の性器を締めつけて、襲いくる絶頂に抗うすべもなくのみ込まれる。

自分が発した嬌声《きょうせい》も聞こえなくなるような悦楽で、頭の中が真っ白になった。意識の中にかろうじて残っていたのはひとりの男の名前だけだった。

桐生。桐生。

「気持ちがいいか」

しばらくは呼吸も忘れて恍惚《こうこつ》に浸ったあと、静かに声をかけられようやく目を開けると、じっとこちらを見下ろしている桐生と目が合った。この男はこんなに穏やかな眼差しで絶頂に溺《おぼ》れる自分を見ていたのかと思ったら、胸のあたりが先とは違う感情できゅうきゅうと締めつけられた。

少なくとも桐生には情なんてものはない、そう考えはしたが事実なのだろうか。ただの好奇心やら興味、憐憫だけでそんな目をするか？

「は……、き、もち、いいで、す……っ」

まだ痺れている全身を持てあましつつなんとか答えると、桐生はひとつ頷いた。そのまま右手で精液に濡れた腹を撫でられ、「あっ」と意図しない声が洩れる。

「中、慣れたか。もう少し強くしてもいいか？」

ずっぷりと埋められている性器の位置を外から測るようにてのひらでなぞられ、ぞくっと肌が粟立《あわだ》った。桐生がそこに入っているのだ、そんなところまで入っているのだといや

でも意識させられる。

かっと頭に火がついたせいで言葉を考えつかなかった。ぎこちなく、彼と同じようにひとつ頷いて返したら、桐生にぐっと足を押さえ込まれた。

「うぁ、あっ、待っ、て……！　まだ……、な、か、まだ」

いきなり、それまでの優しい律動とは打って変わった荒っぽい動きで突きあげられて、思わず掠れた声を上げた。こんなもの、もう少し強くしてもいいかなんてセリフでは足りないだろう。

身じろいで逃げようとしても、桐生は許してはくれなかった。篤の両脚を摑んで上から叩《たた》きつけるように腰を使う。

「そうだな。君はまだいっているのか。内側がびくびく痙攣《けいれん》しておれを締めつけている、それがおれには気持ちがいい。ここをぐちゃぐちゃに掻き回してみたい。君をセックスで食ってみたい」

「ああ……っ、はぁ、これ、駄目、だ、から……っ。おかし、く、なる。こんな、の、知らない……！」

「ならばいま、おれで知ればいい。大丈夫だよ、君の中はもうおれの形に開いている」

「や、め……っ、あッ！　奥……、お、く、は、駄目だ……っ」

抜けるほど引いてまた深くまで一気に貫いて、容赦なくその動きをくり返された。強すぎる刺激でまともに呼吸もできない。まさに、桐生に食われている、貪《むさぼ》られている、そんな感覚に囚《とら》われた。

彼はどんな顔で自分を揺さぶっているのだろう。どうしても確かめたくなって、いつのまにかぎゅっと閉じていた瞼を上げたら、ぎらぎらと瞳を光らせている桐生の美貌が目に入った。はじめて見るその表情に思わず、小さく喉《のど》を鳴らしてしまった。

桐生のこんな顔は知らない、どころか想像したこともない。そうあからさまには感情をあらわにしない男だと思っていたのに、ベッドの上ではこうも欲望に燃えた、獣みたいな眼差しを見せるのか。

「は、あ、おれ、また……、また、いきそう」

勝手に潤んでしまう目で桐生を見つめ、たどたどしく告げた。なによりも桐生の光る瞳にあおられ、まだ引き切っていない絶頂の予感が再度迫りあがってくる。この男はいま嘘もなく自分を欲しているのだ、自分で快感を得ているのだ、それを表情で示されることがこんなにも激しいよろこびを呼ぶものだとは思っていなかった。

桐生は律動を緩めぬまま「まだだ」と答えた。先刻は求めるままに愉悦を与えてくれたのに、篤が極めそうになるたび巧妙な動きではぐらかし、苦しいくらいに切羽詰まった快楽の時間を引き延ばす。

「おれがいくまでいかせない。焦れて、焦れて、泣きじゃくってくれ。おれは君の泣き顔を見てみたい。そうやって互いをたっぷり味わってから一緒にいこう、そのほうが気持ちがいい」

「だ、から……っ、あぁ、お、れ、おかしく、なる……っ。あ、は……ッ、も」

「無理をさせるつもりはない。あと少しだけつきあってくれ、我慢していてくれ」

桐生の声は冷静なようでいて、しかし端々に明らかな劣情を滲ませていた。そんな声音で、つきあえ、我慢していろと要求されたらいやだなんて言えるはずもない。

それからどれだけの時間貪られていたのか、正確なところはわからなかった。それでも、あと少しだけという桐生の言葉が嘘だったのは確かだと思う。あるいは、彼にとってはこの長い交合があと少しということになるのだろうか。これもわからない。

「もういく。いいか？　君もいけるか」

ようやく桐生がそう囁いたのは、篤のこめかみに幾筋も快楽の涙が伝い落ちてからだった。何度も何度も頷き、みっともなく啜り泣きながら答える。

「ふぅ、は、いく……。いけ、る。いかせて……っ、あなた、も、いって、くれ……っ、早、く、は、やく……！」

「ああ。思っていた通り君の泣き顔は可愛いな。じゃあ、一緒にいこう。篤、いけ」

「ひ、ああ！　あ、いく、あッ、あ……！」

桐生にこじ開けられるまでは知らなかった奥を続けざまに抉《えぐ》られて嬌声を上げた。焦らされすぎてこれ以上なく過敏になっていた身体が大きく跳ねる。

連れ去られるように溺れた二度目の恍惚は、一度目の比ではなかった。全身が硬直して、射精しているという感覚さえ遠のくほどの喜悦にまともに呼吸もできなくなったし、目を開けて桐生を見つめることもかなわなかった。

好きな男に抱かれるよろこびとはこういうものか、もうそんなことさえよく考えられない。気持ちがいい。おかしくなるくらいに、気持ちがいい。

きつく締めつけられる感覚が快かったのだろう。桐生は、は、と短く喘《あえ》ぎを洩らしてさらに強く数度篤を穿《うが》ち、それからずるりと性器を抜いて篤の腹の上に射精した。

内側をぎちぎちに塞いでいた異物感が消えても、しばらくは身体から力を抜くことができなかった。手足の戦慄《わなな》きが収まらない。その様子を可哀想《かわいそう》に思ったのか桐生に優しく「篤くん」と声をかけられて、ようやくはあはあと派手に胸を喘がせ呼吸を貪り、そこで知らない精液のにおいをはじめて意識した。

桐生はこの身体で達したのだ。改めてそうはっきり認識し、身体のみならず頭の中まで痺れるような歓喜に襲われた。

この男は気持ちがよかったのだ。自分を抱いて、快楽を得たのだ。

押さえ込まれていた脚を解放され、今度は手足に力が入らなくなりぐったりとシーツの上に弛緩《しかん》した。ついいままで固まっていた全身がぎしぎしと軋《きし》むような感じがして身動きできない。

桐生は放ってあったタオルを取りあげ、特に気をつかうでもない手つきで精液に汚れた篤の腹を拭いた。そののちに篤の腕を摑み、まだろくに力も入らない身体を引っぱり起こす。

「落ち着いたらシャワーを浴びてくれ。もう遅いから今夜は泊まっていけばいい」

部屋の隅にある籠《かご》にタオルを投げながら桐生がそう言ったので、まだ掠れている声で慌てて答えた。

「いえ……。迷惑になるので、帰ります。車だから、大丈夫です」

「帰るのか？　君はさみしがりなおれを慰めるんじゃないのか。いまひとりになるのは少々さみしいな」

桐生は篤の返答に微かに笑い、真っ直ぐに目を合わせてそう告げた。彼のどこか切なげな表情についい小さく息をのんだ。

少々さみしい。そのセリフは前にも聞いたことがある。確か彼はカメラを取りつけ終えた篤を食事に誘ったときにも、ミオがいないので少々さみしいなんてことを言った。

この男が少々と言うのなら、相当にさみしいのだ。あのときは意外に思うばかりでよくわからなかったが、いまならばそれがどれほどのものなのかわかる。

「……ごめん、なさい。さみしくさせないから」

危なっかしく言葉にしておそるおそる桐生に手を伸ばし、形よい唇に触れるだけのキスをした。恋人でもない男との事後のくちづけなんて気持ちが悪いと避けられるか、そんな予想をしていたのに、彼は意外にもおとなしく篤の唇を受け入れ、それからまた仄かに笑った。

胸がいっぱいになるくらいの愛おしさを感じた。

快楽はまだ身体の中でくすぶっている。桐生への恋心もまた熱く沸いている。この男が好きだともう何度目か、そしていままでよりはるかに強く実感した。

今夜の行為で、桐生が幾ばくかのあいだだけでも孤独を忘れられたのならいいと思う。ひとりになるのは少々さみしいと口に出すほど、自分とのセックスで他人のあたたかさを感じてくれたのであれば、嬉しい。

それから、こんなふうに熱っぽく抱いてもらえるのなら、そこに桐生の愛情も恋情もなくたって構わない、そうも思った。

気まぐれでも遊びでもなんでもいいのだ。この男の熱をもっと知りたい、秘められた表情を、もっと見たい。


篤からの軽いキスが引き金になったのか、再度桐生から求められた。断る理由もなかったし、まだ彼が欲しいと感じていたのも確かなので手を差しのべ、最後にシャワーを浴びふたりでベッドに潜り込んだときには結局明け方になっていたと思う。

翌日ふっと目が覚め、枕《まくら》もとに放っておいた携帯電話の時計を見てびっくりした。十時。いくらくたくたになるまでセックスに溺れたからといってさすがに寝すぎだろう。

普段の疲れのせいもあるのか、桐生はぴくりとも動かず隣で静かな寝息を立てていた。彼が眠っているのをいいことに無遠慮にその寝顔を見つめ、いい男だな、といまさらながらに感動のようなものを覚える。

眉の角度は鋭い。通った鼻筋も薄い唇も、やわらかさよりは硬さを感じさせる造作だ。強面刑事がはまり役と評されるのも頷ける、男くさい美貌だ。

それでもときに微かに笑ったり、さみしげな顔をしたりもする。愛猫の写真を前にでれでれしたり心配そうな表情もする。テレビの前で石川刑事を見ているだけの人間には想像もできない桐生の姿を自分は知っているのだ。

それからセックスの最中の彼は、そこまで考えて首を横に振り回想を追い出した。散々抱きあった翌日にまで欲情していたら盛りのついた猿にさえも笑われる。

確か今日の桐生は昼すぎくらいまでオフだと言っていた。ならばあと二、三時間ほどは余裕があるのか。掃除洗濯まではできなくてもせめて食事くらいは作ろうかと、昨夜桐生に引きはがされ、そのあとたたんで棚の上に置いてあった服をごそごそと着込みながら考えた。

「桐生さん。あの、桐生さん。食材勝手に使っていいですか」

起きなければ諦めようと小声で問いかけたら、桐生はもそもそと身じろぎ目を閉じたまま「ああ……」と答えた。半分、いや、八割方はまだ眠りの中といった様子を見て、強面刑事もこうなると可愛いものだと密《ひそ》かに笑う。

仕事にまにあう時間には勝手に起きるのだろうと彼をひとり寝室に残し、ダイニングキッチンへ行った。棚やら冷蔵庫の中やらをざっと確認し、料理が上手なだけあってなかなか品揃《しなぞろ》えがいいなと感心しつつ頭の中で献立を組み立てる。

とはいえ桐生と違い、そう手間のかかる家庭料理を作れるわけではない。母親が生きていたころはともかく、いまとなってはたまに仕事で弁当作りを頼まれる程度だ。先日夕食をごちそうになったときは和食だったから今日も和食なら間違いはないかと、野菜だの鮭《さけ》の切り身だのを取り出しながら思案する。

桐生がダイニングキッチンへようやく顔を見せたのはおよそ一時間後、ちょうど篤がテーブルの上に炊きたての白米と味噌汁《みそしる》、焼き鮭、野菜炒《いた》めを並べ終えたときだった。仕事もあろうし、可哀想でもそろそろベッドから引っぱり出さなくては駄目かと思っていたところだったので、彼が自ら起きてきてくれたのにはほっとした。

「おはようございます」

また、ふっと昨夜の行為を思い出し、笑いかける顔が若干引きつった。桐生はそれに気づいていないのか気づいたのに紳士的にも流したのか、ただ「おはよう」とだけ応えテーブルの上を見た。

「ああ、うまそうだ。すっかり惰眠を貪ってしまった、申し訳ない。篤くんに食事の用意をさせるつもりはなかったんだ。ただ、このところ仕事が立て込んでいて寝不足だったものだから」

「いや。いえ、はい、桐生さんが忙しいのは知ってます。知明、ええと助手から聞きましたから。朝飯、というより朝昼飯……ブランチ？　食べますか。うまいかどうかはわからないけど」

「食べる。腹が減った」

気のせいかもしれないが、桐生の態度が昨夜までよりも砕けているように思えて、胸のあたりがあたたかくなった。肌を重ねて快楽を交わらせ、いまこの男が自分に近しさを感じてくれているのなら、何度か願ったようにふたりの心の距離が縮まったのであれば単純に嬉しい。

向かいあってテーブルに着き、ふたりで朝食兼昼食をとった。桐生は篤が用意した食事にひとつの文句も言わず、ただ「うまいな」とだけ感想を述べ、その通りおいしそうに料理を口に運んだ。

はじめて事務所を訪れた際にはペットボトルの紅茶さえ開けなかった彼が、なんの警戒も飾りもない様子で手料理を食べてくれている。これもまた当然嬉しかった。

「桐生さん。やっぱり言いたくないなら、言わなくていいんですけど」

しばらく言葉少なに食事をし、あらかた皿も空になったころにおそるおそる切り出した。

木曜日の電話でも、昨日リビングでも語ってはくれなかったが、もしかしたら身体をつなげたいまならば教えてくれるかもしれない。そんなうっすらとした期待と緊張で箸《はし》を持つ手が少し強ばる。

「その。ミオちゃんの件です」

桐生が茶碗《ちゃわん》から目を上げるのを待ち、訊いていいのかいけないのか、無理に聞き出すつもりはないと昨夜告げた以上はやめておくべきかと悩みつつも続けた。

「どうして依頼を引きあげるんですか。ミオちゃんが迷子になってる可能性はないと思ってるってことでしょう？　あなたは電話で、ミオちゃんがいまどんな状況にあるのかは大方わかったと言ってましたが、それは居場所が特定できたということです？」

「いや」

桐生はまず短く答え、ひと口味噌汁を飲んで少し考えるような間を取ってから淡々と言葉を連ねた。

「居場所までは知らない。知っていればおれはこんなに暢気《のんき》にしていない、すぐさま駆けつけてミオを連れ帰る。ただ、誰のもとにいるかわかったというだけだ。だから依頼を引きあげる。そうするしかない」

「……誰ですか」

そうするしかない、という桐生の言いように引っかかりを覚えながらも、そこには触れず単純に問うた。まず彼が誰を思い浮かべているのかが明確にならなければ、依頼終了とする理由も理解できないのだろう。

桐生は今度は長々と口をつぐんでいた。どう返事をすべきか、返事をしていいのかいけないのか思案しているらしい。その証拠に、常から無表情な顔に僅かばかりの困惑が見え隠れしている。

教えてくれ、絶対に力になるから、と言いつのりたい気持ちを抑えつけて黙ったまま待った。しかし長い沈黙ののちに桐生が口に出したのはこんなセリフだった。

「言いたくないいんじゃない。言えないいんだ。申し訳ない」

やはり駄目か。洩れそうになる溜息をのみ込み「おれのほうが無遠慮なことを訊いてすみません」と神妙に詫《わ》びた。その態度になにを感じたのか桐生は微かに眉をひそめ、それから篤の心境を横取りするかのように小さな溜息をついた。

そしてぼそりと、彼らしくない不明瞭《ふめいりょう》な声でこう零した。

「おれは恨まれている」

そのひと言に驚き、ついまじまじと桐生の顔を見つめてしまった。いつでも真っ直ぐな視線を相手に向ける彼は、これもまたらしくもなく篤から目をそらし、おのが発言の説明はせずごまかすように箸を残り僅かな野菜炒めに伸ばした。

恨まれている、とはどういう意味だろう。以降黙ってしまった桐生と同じく無言で味噌汁椀《わん》を空けながら考えた。おれの商売は無駄に敵が多い、はじめて事務所を訪れた日にそう言ったのは桐生本人だったが、いま彼が口に出した言葉はそのような意味ではないと思う。

雰囲気から想像するに、現在の桐生には自身を恨んでいる相手の見当がついているのではないか。誰に恨まれているのかわかっているのだ。そしてそれは、特定の個人だ。隙あらば注目の俳優の椅子から引っぱり下ろしてやれともくろんでいるライバルがたくさんいるとか、そういう単純な話ではないのだろう。

では誰に？　なんて訊かなくても、推測はできた。

ミオが誰のもとにいるのかはわかった。しかし居場所までは知らない。また、それが誰であるかは言えない。そんな意味のセリフを告げた同じ口で、おれは恨まれていると零す。つまり桐生はいまミオを手もとに置いている人間に、恨まれている、と思っている。だからこそ下手に便利屋を動かせば、ミオになんらかの危害を加えられると考えているのではないか。

ならばそれは誰だ？　これも自《おの》ずとわかるというものだ、現在ミオの写真を毎日毎日撮影し、ＳＮＳに投稿している人物だ。ミオが手もとにいなければ当然そんな真似《まね》はできない。

オノヅカ。正体不明のアカウントを使っているのが誰であるのか桐生は知っている。その誰かは桐生を恨んでいる。そして現在ミオはオノヅカのもとにいる。桐生にＳＮＳへの書き込みを見せたあと、急に依頼を引きあげると言い出したのだから、ようするに、そういうことだ。

桐生の愛猫は閉め忘れた窓から逃げたわけではないのだろう。とはいえだ。ミオの失踪にオノヅカとやらの意思が働いているのだとして、桐生の家から他人がどうやって大型種の猫を連れ出す？

窓にもこじ開けられた形跡なんてなかった、それは自分の目で確認したことだ。桐生は自宅を空けるときには施錠すると言っていたから、どうもこんにちはと誰かが無人の家に入れるわけはないのだ。

わからない。桐生に、もっと突っ込んで問いただしたい。しかし彼が言えないと表現したからには、胸ぐらを引っ摑んでどういうことだと揺さぶるわけにもいくまい。これでは彼の役に立ちたくても、なにもできない。

「ごちそうさま。うまかった」

すっかり空になった皿を前に唸《うな》っていると、しばらくのあと桐生がさらりとそう言った。はっと顔を上げ慌てて「いえあのどうも」とおかしな返事をする。彼が抱えている事情はなにひとつ明確になっていないが、この男はつまり、もういい、詮索するなと告げているのだなということはわかった。

しかたがないのでそれ以上追及するのは諦め、特に会話らしい会話もなくふたりで食器を片づけた。鞄に詰め込んだ金と用済みのカメラを確認し、おじゃましましたと言って玄関へ向かう。桐生もこれから仕事があるようだし長居をする理由もないので、おとなしく退散するしかない。

黙って靴を履いているときに、しかし予想外にも、桐生に背中からこう声をかけられた。

「篤くん。プライベート用の携帯電話があるなら、番号を教えてくれないか。おれは君の事務所の連絡先しか知らないんだ」

桐生の言葉に、どきっと胸が大きく鼓動した。この男はようするにいま、君ともっと親しくなりたいですと自分に言っているのか。そう思ったら頭がくらくらするほどのよろこびに襲われた。

ひっくり返りそうになる声で「はい」と答え、振り向いて桐生に番号を告げた。それを自らの携帯電話に登録している桐生の姿を見て、ますます胸が高鳴った。

言えないことはある。それでもこの男は自分になにかしらの、たとえば親近感のようなものを抱いているに違いない。でなければ個人的な連絡先なんて訊きはしないはずだ。

愛情ではない、恋情でもない、もしかしたら単に身体が気に入っただけなのかもしれない。だとしても、それで彼の孤独をひととき癒やせるのであれば、そして彼のそばにいられるのなら構うものか。昨夜抱きあったときと同じようなことを再度思った。

改めて「おじゃましました」と言い頭を下げて玄関から外へ出た。ドアを閉めるために振り返ったら、そこで桐生が微かな笑みを見せた。

「連絡する。また会おう」

特に気取るでもないあっさりした声で最後に告げられ、はいともいいえとも答える前に桐生がドアを閉めた。彼が相手の返事を待たなかったのは、拒否するな、ではなく拒否されるはずはないと知っているからだと思う。

少しのあいだ古めかしいドアを芸もなく見つめてしまってから、ひとつ深呼吸して壁に立てかけてあった脚立を抱えた。嬉しい、嬉しい、秘密を教えてもらえないさみしさでもやもやとしていた心に、そんな感情が湧き出し交じりあう。

それが元依頼人である桐生の意思であるのならば、便利屋が下手に動くわけにもいかなかろう。それでも、彼の役に立ちたい、彼のためになにかしたいという気持ちを抑えつけることはできなかった。

あの男にもっと、笑ってほしい。

鞄と脚立を持って鍵《かぎ》のない門から桐生の自宅をあとにし、コインパーキングへ向かった。見あげた空はよく晴れていて、九月半ばの陽射しが眩《まぶ》しい。

ミオの好きな玩具とキャリーケースを手に何度も往復した道を歩きながら考えた。下手に動けないのなら上手に動けばいいだけだ。そのためには彼の口からは告げられなかった事実を、言いたくないのではなく言えない事情を推測し、正しく把握しなければならない。でなければそれこそ少したりとも動けない。

この件の裏にはなにが潜んでいる？　消えたミオに関する桐生の過去を頭の中で整理した。

桐生がミオを家に迎え入れたのは三年前であるらしい。三年前、彼はどんな状況にあったか。知明からの情報によると、確か女優との交際を疑われていたのがその時期だ。当時、内緒の恋人である美緒はまだ生きていた。他に恋人がいたからとかつての交際報道を否定したのは桐生本人だった。

その美緒が事故死したのもまた、三年前だ。だからこそ彼はミオに美緒の名をつけたのだ。

ようするに時系列としては、交際報道、次に美緒の死があり、それから彼はミオを飼いはじめたということになるのか。

また現在、桐生にはどこかの誰かと熱愛中かという噂《うわさ》があるらしい。なぜなら彼は、体調の悪いミオを動物病院へ連れていくためにまま現場を抜けていたからだ。そしてミオは姿を消した。

恋の噂、ミオの失踪。なんだか三年前と気味が悪いくらいに似通った経過を辿っていやしないか？

ではミオの行方不明についての不可解な点はなんだ。オノヅカを名乗る誰かが書き込む不穏な文言、そこにミオがいると考えていながらなにも説明しない、ではなくできない桐生。

迷子猫の捜索を打ち切るということは、桐生はミオが迷子になったのではない、つまりは自ら逃げ出したのではないと確信しているということになる。それが事実であるとして、ならばどうやって施錠された家から猫が消えるのか。

そういえば裏門から敷地外へと向かう靴跡を見たなと、そこでふと思い出した。桐生はめったに裏門を使わないそうだから、他の誰かが残した靴跡なのだろう。

至極単純に考えれば、誰かが桐生の自宅へ入りミオを連れて裏門から出ていった、という推測に行きつく。しかしそれは、誰も桐生の家には入れない、無理やり入った形跡もないという点で否定される。

桐生のことだから、家族の記憶が詰まった大切な家の鍵をそう簡単に誰かに預けたりはしないと思う。預けていればさすがに、ミオの失踪にその誰かが介在していることをまず疑う。探偵事務所、あげくはちっぽけな便利屋へ、逃げ出した迷い猫を探してくれなんて頼みに来やしないはずだ。

そして、最初はそうと信じ込んでいたがいま改めて考えれば、桐生がうっかり窓を開けたまま外出したというのも想像しづらい。彼にとってミオは、自分がはじめに考えていたよりずっと重く大事な存在なのだ。そんなイージーミスは犯すまい。

彼は出かける際にはいつも家中の鍵をかけて回るそうだし、また窓を閉め忘れた覚えはないとも言っていた。いくら急いでいたとはいえ、三年のあいだに身についた習慣はそうそう綻《ほころ》ばないだろう。ミオがいるのだからなおさらだ。

よって誰かが玄関のドアや窓から家屋へとあっさり侵入できるとは思えない。

ならば、たとえばピッキングでドアの鍵を開けられたとしたら？　桐生の自宅は防犯システムを導入していないようだし、古い家なのでそう複雑な鍵を使ってはいないのではないか。不可能ではない。

とはいえ、そもそも家主がいつ留守にするのかなんて他人にはわからないのだから、そう暢気にドアの前にうずくまりピッキングなんてしているわけにもいかないか。芸能人のスケジュールは朝も夜も曜日も無関係に詰められているようだ。家を出ていく桐生の姿を確認しても、すぐに帰ってくるかもしれないと考えれば忍び込めない。

では、煙草は？　桐生はミオがいるときは、長く家を空ける前にしか煙草を吸わないらしい。注意深く家を見張っていれば、姿は見えずとも紫煙が確認できるなといつだったか考えたことがある。

しかし桐生には、煙草を吸うのは出かける前だけ、という習慣を知るほど親しいものはいない。桐生本人がそう言ったのだから間違いはあるまい。

なにかある。そのなにかに関する謎がひとつ解ければ、あとはなし崩しにわかる。そんな予感は確かにあるのに、なにがあるのか、どこから謎を追えばいいのかわからない。

――まるで家族を人質に取られて、他人にはばらすなよって圧力をかけられたみたいなリアクションです。

住宅街も外れのコインパーキングに辿りついたときに、知明が発した言葉がふと蘇った。

人質、か。知明の想像は真実からそんなに大きくは離れていないのかもしれない、心ここにあらずのまま車の後部座席に荷物を詰めつつそんなふうに考えた。

桐生はミオをオノヅカに人質に取られ、彼以外には意味のわからない書き込みで脅されて、誰をも頼れず困りはてているのではないか？

――懺悔しろ。

そしてまた、オノヅカのプロフィール欄に記されたひと言を、知明のセリフと同時に思い出した。桐生にはオノヅカの文言通り懺悔しなければならないことがあるのか。なんらかの感情、たとえば罪悪感のようなものから、ミオの件は自身でなんとかすべきだと考えているのか。三日前に電話で桐生と話をしたときにはそんなことを感じた。

いずれにせよ現状は桐生にとって愉快なものではないのだろう。というより彼はいま、他人からは見えない、誰にも見せられない糸で縛られ身動きさえもできないのかもしれない。

後部座席のドアを閉め再度見あげた空の青さに、妙な息苦しさを覚えた。こんなに綺麗な空の下、心を曇らせ翳らせて、あの男はひとりでなにを抱えているのか。

その後も桐生との関係は続いた。篤はともかくとして桐生は多忙だろうに、一週間は空けず会っているように思う。

いつの場合でも桐生のほうから電話がかかってきて、篤が都合を合わせ彼の自宅を訪れた。どう考えても町のなんでも屋より注目の俳優のほうが忙しいのだから、自然とそうなる。

桐生の仕事はスケジュールが不規則なので、深夜だったり早朝だったりと呼び出される時間はまちまちだった。しかも、いつ確実にオフが取れるのか桐生本人にも予想がつかないことが多いらしく、今日の夜は空いているかだとか、いまから来られないかだとか、結構無茶な要求をされることもままある。

それでも桐生が、そんな急な、貴重な空き時間まで自分とすごしたいと思ってくれるのは単純に嬉しかった。彼は仕事仲間とともにいるより、ひとりのんびり休息を取るより自分と一緒にいたいのだ。

ただ一、二時間コーヒーを飲みながら話をするだけという日もあるにはあったが、大抵の場合は会えばセックスをした。強いられるわけでも一方的に求めるのでもなく自然と手を差しのべあいベッドにもつれ込む。

行為に慣れていくと同時に、心の中がじわじわと桐生に占められていく自覚はあった。ますます、どうしようもなく桐生を好きになっていく。

男くさい美貌も、セックスのときにだけ見せるぎらついた表情も、肌のあたたかさも気のふれるような快楽をもたらす質量も、すべてが愛おしい。桐生に恋人もいないいま、自分だけがそれらを知っているのだと思うとなおさらのよろこびを覚えた。

好きだ。好きだ。

しかしこうした交歓は、桐生にとってはおそらくは気晴らしみたいなもの、孤独をひとき紛らわせるものにすぎないことはもちろん理解していた。自分は結局のところ彼の亡き恋人、美緒の身がわりでしかないのだと思う。

はじめて抱きあった夜に、さみしがりなあなたを慰めますなんて言葉で誘ったのは、自分だ。好きだから抱いてくれと口に出しもした。桐生は少しだけさみしさを忘れる、自分は好きな男に抱かれて嬉しい、他に必要なものなんてないと自分が告げたのだ。

そして桐生は、身体が好きだと言いはすれど、篤が好きだと囁いたことはなかった。最初から、幾度か肌を重ねたいまになっても、一度もだ。

好きだ。だが、自分だけだ。当然それも理解している。とはいえその事実は関係を解消する理由にはならなかった。孤独を慰めるための身がわりでよいと決めたのも、そう口に出したのも自分なのだから、彼に対する思いが増したからといっていまさら撤回するつもりはない。

いつものように散々絡みあって落ちるように眠りについた翌早朝、漂う煙草の香りでふと目が覚めた、寝起きのぼやけた目で隣を見ると、ベッドの上に座った桐生が煙草を吸いながら台本らしき冊子を読んでいた。

快楽の余韻で怠《だる》い身体を横たわらせたまま、台本を片手に紫煙を燻らせている桐生の姿を眺めた。ミオの捜索を打ち切ったころから彼は家の中でもたまに煙草を吸うようになった。

帰ってくるのかわからない。いや、おそらくは帰ってこないと思う。カメラを取り外している篤にそんなことを言ったのは桐生だった。どうにせよ悪いのはおれだ、とも告げた。ミオがいるときには室内で煙草を吸うことのなかった男が平気で紫煙を吐いているのだから、あのセリフは彼にとっての確信なのだろう。

視線を移したカーテンの隙間から射し込む十月半ばの朝陽は、眩しかった。はじめてこのベッドで彼と身体をつなげたのは九月半ばだったから、あれからいつのまにか一か月ほどもたったのだと改めて思い、なんともいえない感情に囚われた。

桐生が飽きず誘いの電話をかけてきてくれることは嬉しい。しかし、長いのか短いのかわからない一か月がすぎても、ふたりの関係には名前がない。

恋人ではないだろう。ならばセックスフレンド？　都合のよい道具か玩具？　どうにせよなぜ自分なのか、自分でいいのか。有名人なのだからいくらでも相手を選べるはずなのに、とりわけ見目よいわけでもない便利屋を毎回呼びつけるのは、篤が秘密を洩らすはずがないと信じているからなのか。いくらかは事情の知れている心安い男だからか？

あるいは、美緒の身がわりにしても篤が怒らないと考えているからか。

やわらかな煙草の香りに酔いながら、美緒もこうして煙草を吸う彼の横顔に見蕩れたことがあるのかな、となんとなく考えた。こんな男に恋人だと認識され互いに愛しあうのはどんな気分なのだろう。

「おれはどうせ身がわりですよね」

ついそう訊ねたのは、寝起きの頭がまだ半分眠っていたからだと思う。ぽつりと口に出してから、違う、こんなことを問いたいわけではない、我ながら女々しい質問をしたと自分に嫌気がさした。

まるでこれでは桐生を責めているように聞こえるではないか。身がわりにしてください、おれ自身なんか見なくていいからと最初に告げたのは自分だ。大事にしなくていいですよとも言った。なのにいまになって、どうせ、なんて言葉を使うのはみっともない。

桐生はそこではじめて篤に視線を向け、特に感情もないような口調で「なんの」と問い返した。わかっていて篤のセリフをかわそうとしているのか、本気でわかっていないのかそれこそわからない。

「事故で亡くなった美緒さんの」

なんでもないです忘れてください、とごまかすこともできたのに、あえてはっきりと返事をしたおのが心が自分でもよく見えなかった。改めて肯定されることで納得したかったのか、それとも否定されたかったのか。いずれにせよやっぱり女々しいなと声に出してから自覚しうんざりする。

少しのあいだ黙って篤を見つめてから、桐生はベッドサイドの棚の上に台本を置き、淡々と答えた。

「君は自分がおれに、美緒の身がわりにされていると思っているのか？　ちっとも似ていないと言ったのは君だし、事実君は美緒に少しも似ていないな」

「そうですね。おれ別に綺麗じゃないし」

桐生の言わんとするところはいまいちわからなかったが、似ていない、という言葉だけは理解できたので笑って返した。自分の惨めな問いを軽く流してしまいたかったのに不本意にも笑顔が引きつり、ますますおのれがいやになる。

それになにを感じたのか、灰皿に煙草を消した手を伸ばし、桐生は篤の髪を撫でた。その手つきが過去にないほど優しかったものだから、かえって胸が苦しくなった。

この男はどうしてこんなふうに自分を撫でるのだろう。訊くなと言いたいか、ごめんと示しているのか、あるいはもっと違う含みがあるか。

「似ていないから抱くんだよ」

会話は終わりだと思っていたのに、髪を撫でられながら静かにそう続けられて戸惑った。桐生のセリフは相変わらずいまいち意味が取れない。

「似ていたらそれこそ美緒の身がわりにしてしまうかもしれない。おれはもう猫を彼の身がわりに連れてきた三年前のおれには戻りたくないし、戻っていない。おれの心にあいた穴を埋めてくれたのは誰のかわりでもなくミオ自身だと言ったじゃないか。忘れたか？」

「……覚えてます」

「おれはこの三年間を整理したい。実際整理しはじめている。それが君にはわからないのだろうか」

わかりません、そう正直に答えるのはやめておいたが、顔には出ていたらしい。桐生はその表情を認めて小さな苦笑を浮かべ、さらに丁寧に篤の髪を指先で梳《す》いた。

整理しはじめているとはどういう意味だ、と考えるのは途中で諦めた。この男はこうしたシーンでしばしば言葉が足りないのだ、そんなことはもう知っている。台本を手にしていない彼に、もっとちゃんと説明してくださいと頼んだところで無駄であることも、もちろん把握している。

寝室に充ちる煙草の香りに包まれながら目を閉じた。そっと髪をとかされる感触に切なさを感じた。桐生の手はまるで猫でも撫でるみたいに優しくやわらかい。なるほどいま自分は、ちっとも似ていない美緒のかわりというよりはミオの身がわりなのか？　そう考えるとなんだか複雑な心境になった。

この手が他の誰でもない自分を撫でてくれればいいのに。桐生の目が他の誰でもない自分を見てくれればいいのに。そんな願いは、いまさら抱いてよいものではないし意地汚いし身勝手だし、まず分不相応だ。

ミオか。そういえば桐生がミオの名を出すのは久しぶりだなとなんとなく考えた。あれだけ心配していたのに彼はミオについてはほとんどなにも言わなくなった。

ふたりの距離は確かにじわじわと近づいていると思う。しかし桐生がミオの件に関して口を閉ざしたままなのは変わらない。だから、あれから一か月もたつのに彼が猫探しの件を引きあげた事情はいまだはっきりしていなかった。

聞き出したくても聞き出せない。依頼を打ち切られた以上は訊ねる立場にないし、権利もない。そもそも問うたところで無駄だ、桐生は答えない、というより答えられないだろう。

好きになった男なのだ、彼のそばにいられるのはなによりも嬉しいし、交わればよろこびを覚える。なのに、充ち足りてしかるべき心の隅に僅かなさみしさ、焦れったさがへばりついているのをどうしても否定できなかった。

　ふたりで朝食をとってから、桐生の自宅をあとにした。その足で真っ直ぐに便利屋事務所へ行くと、事務机に座りパソコンを操作している知明の姿があった。高校の中間試験があるというのでしばらくアルバイトを休んでいたから、こうして甥と顔を合わせるのは久々だ。

「なんだ。うちは十時開店なのにまだ九時前だぞ。いくら日曜日だからって早いなあ。テストも終わって暇なのか？」

　鞄を隣の机に放り投げながら声をかけると、「また篤兄さんは暢気なことを」と溜息交じりに返された。椅子に座る前に服の裾《すそ》を引っぱられ、パソコンモニタを見せられる。

「ＳＮＳ上のオノヅカ、篤兄さんに頼まれた通り僕ずっと見てたんですよ。試験前はバイト禁止って母さんから言われてるのでここには来られなかったけど、そのあいだも見てました。それで、気づいたことがあります」

「ああ。そういえばそうだった、おれが頼んだ」

「あのねえ、忘れてたんですか？　ほら、これ見て。このアカウント、ここ一か月ほどのあいだに何度かオノヅカに接触してます。ちょっと気持ち悪い感じがします」

「接触？」

モニタを指さされて覗き込むと、オノヅカの投稿の下部に違うアカウントの書き込みが表示されていた。どういう仕組みなのかさっぱりわからないが、これが知明曰く接触しているということになるらしい。

「なんだこれ。どんな意味があるんだ？　おれにはよくわからん」

首をひねって馬鹿正直に言うと、知明は溜息をついて呆れを示しながらも丁寧に説明してくれた。

「こっちのアカウントがオノヅカの投稿に対して返信をしてるんです。この反応はオノヅカ側にもわかります。オノヅカも、こっちのアカウントもフォロワーはゼロだから、このやりとりは普通誰にも気づかれません。僕みたいに見ようとすれば見られますが」

「つまりこっちのアカウントがオノヅカにひそひそ話しかけてるってことか？　このアイコンは確か初期設定のやつだろ、オノヅカと同じだ。アカウント名は……ヒロユキ？　またありきたりな名前だな、誰だよ」

「篤兄さん、本気で言ってます？」

ヒロユキ、と表示されているアカウントの素っ気ないアイコンを眺めながら零したら、知明に横目でぎろりと睨まれた。つい少し身を引いて素直に頷いて返すと、知明は焦れったそうに自分の髪を掻きむしって「あなたは元依頼人のファーストネームも忘れたんですか！」とわめいた。

元依頼人。脳裏に桐生の顔を思い浮かべ、はなから大して意識していなかった彼のフルネームを記憶の中に探した。確か最初に応接間で名刺を交換したはずだ。そこに書いてあった名前は、桐生博之、だ。

ぞくっと背筋に興奮だか悪寒だかわからない感覚が走った。そもそも芸能人の名前なんてほとんど知らないうえに、彼のことは桐生さんとしか呼ばないし自宅の表札にも桐生としか書かれていないので、知明の言葉通り忘れていた。

ベッドで抱きあう仲の男のファーストネームも覚えていないとは、と自分に呆れている余裕はなかった。ヒロユキ。このアカウントは桐生のものであるに違いない。そう思ったら、昨日桐生と交わした行為の余韻で半分ぼやけていた頭の中が一瞬でクリアになった。

「……桐生さんだよな、これ」

ぼそりと声にすると、ひとつ頷いて同意を示し、知明はマウスを操作してブラウザのタブをいくつか切りかえ篤に見せた。

「まあ九分九厘桐生さんでしょうね。他に誰がいるって言うんです？　ヒロユキというアカウントはフォローもフォロワーもゼロ、プロフィールもありませんから名前以外の情報はここからは得られません。ちなみにヒロユキの書き込みはオノヅカへの返信のみ」

「このアカウント、いつからあるんだ？　いつから、オノヅカに話しかけてる？」

「作成されたのは一か月ほど前で、ヒロユキはそれと同時にオノヅカへ接触してます。明らかに、オノヅカと対話するためだけに作られたアカウントでしょう」

知明はまずヒロユキのホーム画面に小さく記されているアカウント作成日を指さし、それから一番下までスクロールして最初の書き込み日時を表示させた。確かにいずれも一か月ほど前、九月半ばだ。

つまり桐生がミオ捜索の依頼を引きあげたころ、また、篤とはじめて関係を持った時期ということになる。

「見た通りやりとりの回数は多くはないです。ただ、オノヅカとヒロユキは互いに相手をよく知ってるような印象を受けますね。正直、僕には彼らがなにを言っているのかよくわからない。なんらかの共通認識がなければ、これじゃ相手の意図がくめませんよ」

ぺらぺらと喋りながら知明はヒロユキの書き込みをクリックし会話を表示させた。ミオの写真とともに投稿されたオノヅカの『誰にも言うな』という文言に対して、ヒロユキはこう返信している。

――承知した。

そのひと言を目にし、途端にたまらない息苦しさに襲われた。桐生はこうしてオノヅカに他言を封じられ、幾度か身体をつなげた篤にさえなにをも言えない日々をすごしていたのだ。頼ることもできず愚痴も零せずに、ただこちらへ手を伸ばすしかなかった桐生の心中を想像すると胸が痛くなる。

「それでもはじめのうちはまだまともだったんです」

知明はマウスを操作し、オノヅカの投稿とそれに対するヒロユキの返信をいくつか篤に見せて言った。奪われる苦しみを知ったか、彼は体調が悪い、そんな、うっすら意味のわかるようなわからないようなやりとりがいくつか続く。

しかし、そのあとモニタに映し出された会話はまったく理解ができなかった。ヒロユキの発言がではない、オノヅカの書き込みが、明らかにそれまでとは異質なものに変わっている。

「ところが途中から、ほらね、こんなですよ。はじめてこれを見たとき、正直僕はシステムのどこかがバグったのかと思いました。でも、よくよく観察してたらそうじゃないことがわかってきました。ここに書き込まれているのは意図的な文章です」

「意図的な文章？　英語……じゃないな。何語？　フランス語でもドイツ語でもないし、なんだこれ」

「ちょっと見てください。このとき以降、オノヅカはもうこうした謎の文面しか書いてないんです。確率の低いバグがこんなふうに続くわけないですよ」

　知明はすぐにタブを切りかえて、今度はオノヅカのホーム画面を表示させた。そのあまりにも異常な、不気味極まりない書き込みの数々に再度の寒気を覚える。

　あれだけ毎日載せていたのに、オノヅカの投稿からはミオの写真が消えていた。かわりに、意味をなさない、ように思われるアルファベットの羅列が長々と綴《つづ》られている。口に出した通り英語ではないしその他の言語であるようにも見えない。もちろん日本語をローマ字にしたものでもない。縦に読んでも斜めに読んでも単語にすらならない。

「これは暗号です」

　そこで知明は篤に視線を向け短くそう言った。つい芸もなく「暗号？」とその言葉をくり返すと、知明はにやりと笑ってからモニタに視線を戻した。

「そう、暗号。オノヅカはシーザー暗号とレールフェンス暗号を用いて英文を二重に暗号化してるんです。だからまずこのアルファベットの羅列を頻度分析して、それから」

「いや待て。そんなの解説されてもおれにはわからん。で、おまえにはこの暗号とやらが解けたのか」

　みっともないのは承知で知明の言葉を遮り訊ねると、彼は得意げに「それなりには」と答えた。感心を通り越して半分呆れた。この高校生はなぜそんな芸当ができるのか、自分などより十倍も百倍も頭がよいのだと認めざるをえまい。

「でも、さすがにちょっと時間がかかりました。僕だって素人ですから。片手間とはいえ試験もあったので報告がいまになりましたが、僕の見る限り遅すぎはしないかと」

「ああ……つまり？」

「まだ決定的な動きがある段階には来てないいんじゃないかってことですよ、多分ね」

知明は、今度はブラウザではなくテキストエディタで作成したらしきファイルを開きながら言った。表計算ソフトの帳簿をつけるだけで頭痛がするのだから、一面に散らばる謎のプログラミング言語なんて当然理解できない。どころかどこに焦点を合わせればいいのかもわからずくらくらしてくる。

「なぜ多分なのかというと、暗号を解いて読める文章にはなっても、意味がよくわからない部分が多いからってことです。まあ、とりあえず簡単にやってみせるとこんなふうに」

後ろに何文字ずらしてレールは何本にブロックはいくつ、こっちはこう、モニタを指さしながら説明する知明の言葉を九割方は理解できぬまま聞いた。彼はそれを察したのか途中で諦めたらしく、「ようするにこうです」と言い別のファイルを開いた。

そこに並んでいたのは単純な英文だった。ようやく見慣れた言語が出てきたものだから少々ほっとする。

とはいえ、先に知明が口に出したように、文章が読めたところで内容がすべてわかるわけではなかった。上から下までざっと目を通し、いくつか意識に引っかかった英文をしばらく無言で睨む。

——三年前のことを覚えているか。

——ＭＩＯはおまえを忘れていない。ＭＩＯは決して帰ってこない。

ＭＩＯ、か。英文なのだから当然アルファベット表記だ。だからそれが意味するところが猫のミオなのか、桐生の亡き恋人である美緒なのかは判断できなかった。しかし、この暗号を作ったオノヅカが、ＭＩＯ、という単語になんらかの意味を含ませていることはわかる。

「なあ知明。桐生さんと親しい人間以外が、飼い猫の名前まで知ってると思うか？　桐生さんが猫好きなのは周知の事実らしいが、ミオって名前までネットだけでわかったりするのか」

「いえ。僕が見た限りネット上にそんな情報はないです。僕らが作った迷子猫のチラシにはミオちゃんの名前を載せましたけど、連絡先はここにして、桐生さんの名前は出してません。だから近所のひとを含め一般人は知らないでしょう」

「なのに、オノヅカはＭＩＯを知っているわけか。つまりこいつは、桐生さんとそれなりに親しい人間、もしくは親しかった人間ってことになるな？」

桐生には美緒という恋人がいた、という事実には触れずに意見を求めると、知明は「そうですね」と同意を示した。ようするにオノヅカは、このＭＩＯがミオを表しているのなら桐生が猫を飼いはじめた三年前以降の知人、美緒の意味ならば彼が亡くなる三年前以前の知人であるというわけだ。

想像しやすいのは後者だろうか。桐生は確か、三年前に美緒を失いひとりになった、家族も恋人も親しい友人もいないというようなことを言っていた。

「しかしオノヅカとヒロユキはなんでこんなふうに、見ようと思えば他人にも見える場所でやりとりしてるんだろうな。ＳＮＳってのは誰にも見られないような内緒話はできないのか？」

少しのあいだ無言で考えたのちに問うと、知明はモニタから篤に視線を移して答えた。

「ダイレクトメッセージは送れますよ。ただ、互いにフォローしあってるか、誰からのＤＭでも受け取る、解放するという設定をしてなければできません。そしてふたりは互いをフォローしてないし、オノヅカはＤＭを解放してません。ヒロユキはしてるけど」

「ようは、ヒロユキには内緒話をする用意があるが、オノヅカにはその気がないってことか。直接、水面下で話したいのにその手段を断たれたら、まあヒロユキは焦れるな」

「焦れますね。それを含めて、なんというかこう、オノヅカからはヒロユキを翻弄《ほんろう》してやりたい、困らせたいという悪意、憎しみ？　みたいなものを感じます」

知明の言葉にひとつ頷いたところで、ふと、いつか桐生が呟いたセリフを思い出した。おれは恨まれている、詳細は語られなかったが彼はそう言っていた。あれは確か一か月ほど前、はじめて桐生とセックスをした翌朝のことだった。

滲み出るヒロユキへの悪意に憎しみ。桐生が口に出した言葉の意味はやはり、このアカウントを使う人物、オノヅカから恨まれているということだろう。あのときにも考えたように、ミオの失踪にはなにか裏がある。改めてそれを確信する。

ではなにがある？

「ヒロユキが接触するまでは毎日ミオの写真を投稿してたんだから、ミオはいまオノヅカのところにいるって考えるのが自然だよな。オノヅカの書き込みを見てると、たまたま桐生さんの自宅から逃げたミオをつかまえたから、ＳＮＳで遊んでるってわけじゃなさそうだ」

冷蔵庫まで歩いて缶コーヒーを二本取り出し、片方を知明に渡して喋りながら頭の中を整理した。知明は「ええ」と相槌《あいづち》を打ち、コーヒーが微糖であることを確認してタブを開けた。高校生らしいといえばいいのか知明らしくないというべきか、この甥はブラックコーヒーを好まないのだ。

「最初はそう信じ込んでたが、そもそも桐生さんはミオがいるのにうっかり窓を閉め忘れるようなひとじゃない。あんなに親馬鹿なんだから。おそらくはオノヅカが桐生さんの家に忍び込んでミオを連れ出したんだろう。そう考えるのが自然だ」

「愛猫家がたまたま窓を開けたまま外出して、そこから逃げたミオちゃんをたまたまオノヅカが見つけたなんて可能性は、まあ砂粒ほどもありませんよ。篤兄さんの言う通りでしょう」

「でも、家には他人に無理やり侵入された形跡はなかった。だからこそ桐生さんも自分のせいでミオが逃げたと思ったんだ。ああ、いや、ただ裏門の下に靴跡が」

時々缶コーヒーを傾けつつ思いつくまま言葉にしていると、そこで知明が首を傾《かし》げた。

そのため、桐生の自宅を検分した際、庭にある裏門の真下に敷地外へ向かう靴跡を見かけたことを説明した。

家主も変化を感じなかった自宅の中、開いていた窓にも不自然な点はない。唯一気にかかるのは裏門の真下にあった靴跡だ。そして、おとなしくて従順な大型猫か。ミオはおっとりしているから他人がちょっかいを出してもそうそう怒らない、そんなことを言っていたのは桐生だった。

「だったら、オノヅカはなんらかの手段で桐生さんの家に、たとえばピッキングで玄関の鍵を開けるとかしてそっと入って、おとなしい猫を連れ窓から出て裏門を使い逃げた、ということじゃないんですか？」

「おれもそう思いはした。でも、桐生さんがいつ帰ってくるかもわからないのにそんな暢気なことをしてられるか？　玄関の前にうずくまってるのを見られたら空き巣の現行犯逮捕だ」

　知明のセリフに先日も考えた見解を口に出すと、コーヒーを飲みつつ甥はしばらく黙った。そののちに「桐生さんが不在にするタイミングって誰にもわからないんですかね」と言って篤を見た。

「わからないと思う。現場マネージャーあたりなら把握してるとしても、桐生さんが現場を抜けてミオを病院に連れてくとき以外は一緒に行動してるんだろうから、猫を盗むチャンスはないな。それ以外の他人にわかるとして、煙草か。とはいえ無理があるなあ」

「煙草？」

　篤の返答を聞き再度知明が不思議そうな顔をしたので、これもまた簡単に説明をした。

　桐生はミオが来てからは、自宅ではにおいを気にして長く留守にする前にしか煙草を吸わないのだという。場所は庭の片隅で、塀が高いため姿は見えないが、慎重に観察していれば煙が確認できるかもしれない。

煙が確認できれば、その後桐生が自宅を空けることが推測可能だ。とはいえ彼のその習慣を知るほど親しいものはいない。

「いない？　ひとりもですか。敵の多い職業だからだとしたって、じゃあ、たとえばいまみたいな有名人になる前の、むかしの友達とかも知らない？」

眉をひそめて言う知明に、ひと口コーヒーを飲んでから言葉を返した。

「桐生さんのむかしの交友関係がどんなものだったのかはさておき、外出前だけに煙草を吸うっていう習慣は三年前にミオが来てからできたものなんだから、それ以上前の友達なら当然そんなの知らないだろ。つまりこちら三年間仲のいい他人がいないって以上は、どっちにしろ誰も知らないんだよ」

「なるほど、それはそうか。確かにちょっと無理があるかもしれません」

独り言の口調でそう零してから知明はしばらく黙った。同様に篤も無言のままひとしきり考え、結局は「まず他の謎を潰しますか」という知明の提案に頷きとりあえずその件は横に置くことにした。

「桐生さんはきっと、オノヅカが誰なのか見当ついてますよね。でなければこんな意味深なやりとりできないし。だったらどうして取り返しに行かないんでしょう」

新たに知明が口に出した不明点に、そういえば説明していなかったかと冷蔵庫にもたれて答えた。

「ああ。桐生さんは、ミオが誰のもとにいるかはわかったが、居場所はわからないみたいなことを言ってた。人物に心当たりがあっても、そいつの所在地は知らないんだろ」

「じゃあオノヅカはどうなんですかね。ミオちゃんを桐生さんの自宅からさらったなら当然飼い主に直接会いに行けるし、桐生さん個人の電話番号は知らなくても所属事務所にだったら電話もできるのに、ＳＮＳでのやりとりしかしない」

「桐生さんの家を直接訪ねたらその場で取っつかまる。あのひと力が強いんだ。電話しないのは居場所を知られたくないからかもな。公衆電話とかからの電話じゃ相手に出てもらえないし、自分の電話を使えば番号から辿られて住所がばれると危惧《きぐ》してるのか」

「そうか。居場所を知られたくないからこそ、ネット上での念入りな暗号文なんですね」

ひとり納得したように呟いた知明に「どういう意味だ？」と訊ねると、丁寧に解説された。

「直接的な脅迫文を書き込むと情報開示請求の対象になるかもしれない、そうすれば桐生さんに居場所が知られてしまうと考えたのかも。ネットは匿名性が高いとはいえ絶対じゃないです。調子に乗っていやがらせを続けたあげく相手から訴えられたなんて話はよく聞きますよ」

「そんなもんなのか。だからオノヅカは、桐生さん以外には理解のできない文言をさらに暗号にした？」

残りのコーヒーをあおってからそう口に出し、暗号にした、と自分で言葉にしてはじめて、いまさらのように疑問が湧いた。作ったオノヅカはさておき、これを見ている桐生はどうして暗号が理解できるのだろう。

なんとか暗号となんとか暗号がどうのこうのと知明が言っていたので、こうしたものに一定の作成ルールがあることはわかった。とはいえ、自分のようにそれを知らない人間にはこんな暗号など読めはしない。

「なあ知明。こういう暗号は誰にでも解けるものなのか。おれがわからないだけで、普通はみんな知ってるのか？」

空にした缶をゴミ箱に放りながら訊ねると、知明は少し首を傾げて「みんなってことはないでしょうけど」と答え、さらにこう続けた。

「それなりに知識があれば解けます。たとえばプログラマーとか、そこまで行かなくてもちょっと齧《かじ》ってるひとなら、これくらいの暗号なら遊びで作ったり解いたりするんじゃないですかね」

彼の返事に、なるほど、と頷いて返した。桐生の亡き恋人である美緒は在宅のプログラマーだったと聞いている。桐生は美緒がまだ生きていた際に恋人の仕事を気まぐれに覗き込み、その手の知見を得たのではないか。ならば彼がオノヅカの暗号を読めても不思議ではない。

「しかし、そこまでしてオノヅカが居場所を知られたくない理由ってなんだろうな」

腕を組み、つい小さく眉をひそめてそう零すと、篤と同様に少しばかり難しい顔をして知明が言った。

「まあ単純に、オノヅカはいま身柄を押さえられたくない、ひいてはミオちゃんを取り戻されたくないってことじゃないですか。水面下でのやりとりには応じず居場所も隠し桐生さんを焦らして、アクションのタイミングを見計らってるのかも」

「人質、か」

知明の言葉に、いつか話題に上がった単語を洩らした。こうなるとまさにミオはオノヅカにとって、また桐生にとって人質の意味を持つものなのかもしれない。

では、オノヅカは人質を取ってなにをしたい？　ミオという弱みを握られたら確かに桐生は下手に動けないのだろう。だが、そこまでするオノヅカの目的がさっぱり見えてこない。

桐生になにかをしたいのか、なにかをさせたいのか。そのなにかとは、なんだ。

「あれっ」

黙り込み頭の中で疑問を整理していると、そこで知明が素っ頓狂《すとんきょう》な声を上げたので思考が途切れた。思わずはっと目を向けた先で、缶コーヒーを事務机に置いた知明がパソコンモニタを凝視していた。

「どうした？」

「オノヅカの書き込みが更新されてます。ついいまです」

組んでいた腕を解き訊ねたら、知明は篤に視線もよこさずいくらか興奮した口調で答えた。机に歩み寄ってモニタを覗き込むと、確かに先刻は見なかった投稿が表示されている。相変わらず意味のわからないアルファベットの羅列だ。

「また暗号か。知明、これ読めるのか？」

身を乗り出して問うた篤に知明は「少し時間があれば」と返事をし、先ほどとは違う真っ黒なウインドウを開いてすぐにキーボードを叩きはじめた。暗号を解くために組んだプログラムを走らせているようだが、集中しているのか特になにを説明することもなく、無言のままモニタを睨んでいる。

あれこれ解説されてももちろん理解できないので、知明に任せ口は挟まず同じように黙って待った。知明がキーボードから手を離すまでにかかった時間は約二十分といったところか。おそらく素人にしては早いほうなのだろうと推測はできても、これもよくわからない。

「はい、これ。篤兄さん、意味わかりますか」

知明がようやく篤を見て、モニタを指さしそう言った。そこには英文でこんな一文が表示されていた。

――今日の十七時、湖で待っている。

湖。オノヅカのメッセージにはそれがどの土地のなんという湖であるのかの指定がなかった。しかしすぐにぴんときた。

蒼沢湖だ。桐生はいつか美緒がそこで事故死したと言っていた。そしてまた、ミオを連れて何度か足を運んだなんてことも教えてくれた。オノヅカの綴るＭＩＯが誰を示すのかはわからないとはいえ、少なくとも彼がミオないし美緒を知っていることは確かだ。そして桐生とＭＩＯが関係する湖といえば蒼沢湖しかない。

つまりオノヅカは、今日の十七時に蒼沢湖へ来い、と桐生に指示しているのだ。

知明がオノヅカの投稿をクリックすると、いつのまにか返信が書き込まれていた。アカウントはやはりヒロユキで、承知した、というひと言のみが表示されている。

「いよいよ動きそうですね。ぎりぎりまにあった。でも、湖ってどこのでしょう」

　首を傾げる知明の肩を、ありがとうの意味で二度叩いて背を向けた。放り出していた鞄を引っ摑んで肩にかけ、ついでに工具箱を抱えてドアへ向かう。

「知明。おれはこれからまず頼まれてた佐藤さんのところの戸棚を直して、鈴木《すずき》さんちの犬を散歩させて、そのまま湖に行く。時間的にはまあ問題ないだろ。事務所には戻ってこないかもしれないから、適当に店番して適当に店を閉めて帰ってくれ」

「え？　いや、篤兄さんには湖がどこかわかるんですか？　ちょっと待って、ひとりで行くんですか？」

「湖はわかる。ひとりで行く。それだけの曖昧な書き込みじゃ、警察だのなんだのが動いてくれるわけもないだろ。オノヅカがなんで桐生さんを呼び出そうとしてるのかもわからないし、大体、ぞろぞろ助っ人を連れていったら芸能人が困るかもしれない」

「ですけど！」

　言いつのる知明に心配するなと片手を振って示し事務所をあとにした。狭い階段を下りながら、頭の中で時間配分を計算する。便利屋の仕事を放棄するわけにもいかないし、多少手こずったとしても諸々十四時くらいには終わるだろうから、知明に言った通りそれから湖へ向かえば問題はない。

湖で待っている、か。一か月間桐生を焦らし続けたオノヅカの目的は、それか。だが、呼び出してどうする？　オノヅカは湖で桐生になにをしたい？　そもそもなぜ美緒が死んだ、そして桐生がミオと訪れた湖で会おうというのだ？

駐車場で車に工具箱を詰め込みつつあれこれと考えを巡らせた。自業自得、奪われるものの苦しみを知れ、それから、ＭＩＯは決して帰ってこない。いまいち意味のわからない書き込みを頭の中で反芻《はんすう》しても、桐生を呼び出したいという以上の、最終的なオノヅカの目的は見えてこなかった。

篤が蒼沢湖の最寄り駅に着いたのは十六時を僅かにすぎたころだった。十月も半ばとなる秋、そろそろ陽が落ちるのも早くなってきたので、あと一時間半から二時間もたてば暗くなりはじめるだろう。

昼すぎに桐生に電話をかけてはみたが、つながらなかった。仕事中だったのか、彼があえて無視したのかはわからない。

留守番電話にかけ直してくれとメッセージを残さなかったのは、後者の可能性があるからだ。あの男はいま誰とも、というより、声色を読めるだけの関係にある篤と喋りたくないのかもしれない。彼にとってミオ、また美緒の件は、他人の意見も助言も拒むしかない非常に繊細な問題なのだ。

一度も訪れたことのない場所なので道路の事情がわからないため、車ではなく電車を使った。うっかり渋滞に巻き込まれでもしたら時間にまにあわなくなる。

いくつか電車を乗り継ぐたびに景色には緑が混じり、都会の喧噪《けんそう》が遠のいた。桐生は美緒とふたりで、こうして煩わしい現実を忘れる夢見るような感覚を味わったのだ。彼と一緒にいられた時間はしあわせだったと桐生は言っていた。愛するものとともにいれば、移り変わる風景を眺める一瞬一瞬さえもが幸福であるに違いない。

しかしもう美緒はいないのだ。ひとりきり穴のあいた心を抱え、桐生は今日どんな気持ちで湖に向かっているのだろう。

三十分ほど歩き辿りついた湖は、想像していたよりも小さなものだった。美緒が転落したのは石段を上がったところにある見晴台だといつか教えられたから、とりあえずはそこへ行ってみることにした。めったにひとも訪れない寂れた場所だという桐生の言葉通り、石段を踏みながらあたりを見渡しても篤の他には誰の姿もない。

足音を消ししばらく石段を上がると、狭い高台があった。これが一応は見晴台と呼ばれる場所であるらしい。聞いていたように柵《さく》もなく、あるのはあまり手入れされていない植え込みだけだ。

そして、その見晴台にはやはり桐生がいた。石段には背を向けひとりで湖を眺めている。きちんとしたスーツ姿であったから、おそらくはオノヅカの要求に従うために無理をして仕事を早く終わらせ、着替える間もなく駆けつけたのだろう。

恋人が死んだ湖を見下ろしなにを考えているのか、桐生は篤の気配にはまったく気づいていないようだった。だからこれさいわいと、そっと植え込みに近づきその陰に隠れて様子をうかがうことにした。

いくら秘められたものではないとはいえ、他の誰にもわからないよう暗号まで使って交わされたやりとりを、依頼は打ち切られたというのに甥とふたりでこそこそ覗いたのだ。ここでこんにちはと声をかけるのもおかしい。そしてまた、桐生を呼び出したオノヅカの出方も見てみたかった。

十分か十五分かそうして待ったころ、ひとりの細身の男が石段を上がってくる姿が見えた。徐々に近づいてくる彼の顔を目にして、どこかで見たことがあるようなと首をひねり、それから、ああ、写真の中で笑っていた美緒に少し似ているのかと思いいたった。

これがオノヅカなのか？

「お久しぶりです、桐生さん」

男もまた植え込みに隠れる篤には気づいていない様子で、真っ直ぐに見晴台へ足を踏み入れ桐生にそう声をかけた。久しぶりと言うからには顔見知りなのだろう。その通り、男を振り返った桐生の美貌に驚きはなかった。

「小野塚《おのづか》か。確かに顔を合わせるのは久しぶりだ。君がおれのマネージャーを辞め姿を消して以来だから、三年ぶりか」

桐生が男を小野塚と呼んだことで、確かに彼がオノヅカのアカウントを使いヒロユキ、すなわち桐生を呼び出した張本人なのだと理解した。顔を合わせるのは久しぶり、しかしネットでのやりとりはしていた、桐生が発したセリフはつまりそんな意味だと思う。

小野塚、と呼ばれた男は桐生の言葉に眉をひそめ、こう言い直した。

「私があなたの前から消えてからじゃない。美緒兄さんがここで死んでから、三年です。あなたはもう兄のことを忘れましたか」

兄さん、ということは、小野塚は美緒の弟なのか。少々驚き、そののちに、だから写真で見た美緒と小野塚はなんとなく似ているのかと納得した。

桐生と小野塚の言い分を聞く限り、小野塚は桐生の元マネージャーで、かつ彼の恋人であった美緒の弟であるらしい。複雑なのか単純なのかわからない関係性だ。その関係は、姿を消したという桐生の表現から推測すると、美緒の事故死を境に失われたのだろう。小野塚は兄が死んだ際に桐生との関係を断ったのだ。

桐生は、いつもの無表情に僅かばかりの哀しみを掠めさせ、「愛したものを忘れはしない」と小野塚に答えた。彼の言葉が本心であることは、少なくとも篤には当然わかった。いつでも美緒の写真を持ち歩き、後悔の念を映し出す目をして亡き恋人の話をした桐生は、ミオを迎え入れてなお三年間苦しみ続けている。

「どうでしょうかね」

しかし小野塚には伝わらなかったらしく、美緒に似た顔に憎しみを宿して彼はそう言った。

「兄は三年前にここで自殺しました。あなたにしてみれば、厄介払いができてせいせいしたんじゃないですか。なにせあなたは当時女優と交際をしていたのだから。あなたは兄を裏切った。兄はそれを悲観し自ら死んだ。都合がよかったでしょう？」

「事実ではない」

「事実です。同性だったから兄はなにも言えなかったんです。あなたの名前に傷をつけたくなかったので黙ってここから落ちたんです。あなたと兄の関係を知っていたのは、当事者であるあなたがたと私だけ。それをいいことに平気で恋人を裏切るなんて、あなたはひどい男だ」

桐生は小野塚のセリフを聞きしばらく黙ってから、低い声で「事実ではないんだ」とだけくり返した。この男はどうしてこう大事な場面でいつでも言葉足らずなのかと、植え込みの陰で焦れったくなる。

三年前にあった桐生と女優との交際報道は、根も葉もない噂でしかなかったのだ。そんな噂が立ったのは、桐生が秘密の恋人である美緒と逢瀬《おうせ》を重ねるために、行方も知らせずたびたび現場から消えたからだ。

元マネージャーである小野塚が誤解している以上は、桐生は彼にも言わずに美緒と会っていたということか。桐生と美緒にとってふたりで一緒にすごす時間は、それだけ大事であり特別なものだったのだろう。誰にも、美緒の弟にさえも邪魔されたくなかったのだ。

彼らはまさにふたりだけの蜜月《みつげつ》をすごしていた。そんな間柄ならもちろん美緒は、桐生にまつわる当時の報道が誤解であると知っていたはずだ。

だから美緒が自殺をするわけがない。美緒は単純にひとりでこの場所を訪れ足を滑らせて落ちた、それが事実だ。見た通り柵もないのだから、湖をもっとよく見ようと身を乗り出せば落下する可能性は充分にある。

と、説明すればいいのに桐生がそうしないのは、おのれが多忙ゆえに恋人をひとりにしたせいで美緒が死んだという罪悪感から、いまだ逃れられていないからか。あるいは、なにを告げたところで女々しい言い訳になると彼は考えているのかもしれない。

「兄をあなたと会わせたことを、後悔しています」

小野塚は、多くを語らない桐生をじっと睨みつけて続けた。

「私が会わせなければ、あなたがたが恋愛関係になることはなかった。ひいては兄が自殺することもなかった。私はあなたを恨んでいます。仕事を辞めあなたから距離を置いても毎日のようにテレビや雑誌で顔を見ますよ、そのたびに、苦しくなる」

恨んでいますという小野塚のひと言に桐生はゆっくりと首を左右に振った。おれは恨まれている、いつかそう口に出した彼には、こうして面と向かって告げられずとも小野塚の心情などわかっているのだろう。彼の仕草が示すのは小野塚への非難ではなくやるせなさのようなものだと思う。

ふたりはそれからしばらく無言で向かいあっていた。重苦しい沈黙の中、それまでは特に気にもとめなかった、湖の上を通り見晴台まで届く微かな秋風が意識された。桐生の心の穴に吹き込む切なさの風はこんなふうにさみしいにおいをしているのかもしれない。緑と水の香りを感じつつそんなことを考えた。

長いあいだ口を閉ざしたあと、桐生は小さく、ふ、と吐息を洩らしこう問うた。

「猫は」

彼が、ミオは、と言わなかったのは、美緒と混同するからというより、小野塚が猫の名を知らないからだろう。小野塚は唐突なその言葉に桐生と似たような溜息を洩らして答えた。

「元気ですよ。暢気に餌《えさ》を食べて毎日昼寝をしています。私の切り札ですから死なせるわけにはいきません。しかし、あなたが愛猫家であるのはよく聞きますが、猫一匹いなくなたくらいでこうも簡単に言いなりになるとまでは思っていませんでした」

「おれの家から勝手に連れ出したんだろう？　彼は怪我《けが》をしていないか」

「おとなしくて人懐こい猫ですね。会ったこともない私に抱きあげられても暴れもしなかった。だから怪我なんてさせていません。とはいえ思っていたより大きい猫だったので、少々持てあましました。玄関から抱えて出れば目立ちすぎるかと、わざわざ庭の裏門へ回ったり」

小野塚のセリフに、なるほど裏門から敷地外へ向かう靴跡はそうして残されたものかと得心した。ミオは大型の猫だから、彼の言う通りそうそう他人から見られることのない裏門を使って連れ去る必要があったのだ。

「兄さんはね、変わってないんですよ」

そこでふと微かな笑みを見せ、小野塚は唐突にそう言った。憎しみを映す目の色を裏切る表情と、意味のわからない言葉に気味の悪さを感じる。

桐生も同様だったのか小野塚を注視したまま小さく眉をひそめた。それを受けて小野塚は愉快そうに笑みを深めた。どう考えても笑う場面ではないのにこの男の感覚はどこかおかしいのか、精神が歪《ゆが》んでいるのか、美緒に似た顔を見ながらそんな不安を覚える。

「兄の部屋は生きていたときのままにしてあります。魂がまだこの世にいるから。私はその部屋から桐生さんの自宅の合鍵を見つけて、ちょっと借りました。止められるかと思いましたが兄は怒りませんでした。なので私の行いは兄の意に反してはいない」

「……美緒がまだいるのだとしたら、我々の記憶の中にだ。この世にじゃない」

「あなたの習慣も変わっていませんね。兄は煙草が苦手だったから、恋人が自宅にいるときは、あなたは出かける前に庭で一服するだけだった。いつだったか兄さんが教えてくれました。猫を飼っているいまも同じだ。しばらくあなたの家を見張って確認しました」

桐生の声は無視して小野塚は続けた。美緒の魂はまだこの世にいるという妄想じみた発言と、自宅を観察し桐生の喫煙習慣を確かめたという現実的な行動が、妙にちぐはぐに感じられてやはり気持ちが悪い。

しかしこれで大方の疑問は解けた。小野塚は煙草の煙で桐生の不在を予測し、美緒が持っていた合鍵で彼の自宅に侵入しミオを奪って、庭へと続く窓を開け裏門から去ったのだ。わかってしまえば至極簡単な事件だ。

ただし理解できない点もある。小野塚はどうして美緒の死から三年もたったこのタイミングで動いたのか。また、居場所を隠し暗号まで使って桐生を湖へ呼び出した目的はなんだ。

「なぜ、いま？　三年前に君は住所も電話番号も変え、おれがなにかを言う前に消えてしまった。話がしたかったのなら当時そうすればよかったろう」

桐生も似たようなことを思ったらしく、淡々とした口調で小野塚にそう訊ねた。小野塚はそこでふっと笑みを消し、「あなたが悪い」と今度ははっきりとした憎しみを込めた声で答えた。

「あなたは兄を忘れてまた恋をしているのでしょう。誰かと熱愛中だという噂を聞きました。あなたに裏切られ兄は哀しみのうちに自殺したのに、それをなかったことにしてあなただけしあわせになるのは許せない」

つい、植え込みの陰で音にはせず溜息をついた。なるほど、小野塚は注目の俳優にまとわりつくゴシップを信じたのか。現在囁かれている桐生は熱愛中かという噂は、体調の悪かったミオを病院へ連れていくため彼がまま現場を抜け出したことから来る誤解だが、確かに小野塚が耳にすれば心穏やかではいられないかもしれない。

小野塚はきっと三年間、兄を自殺するまでに追い詰めた、と信じ込んでいる桐生への恨みを溜《た》めてきたのだろう。その恨みに、今回湧いた噂で火がついたのだ。もはやひとり黙って耐えていることができなくなったのだ。

とはいえミオをさらった理由はいまだよくわからない。桐生に恨み言をぶつけたいのなら、自宅まで押しかけ大騒ぎしたほうが手っ取り早いのではないか。愛猫を盗んで飼い主を操って、そんな七面倒くさいことをする必要があるとも思えない。

「毎晩兄さんが夢に出てきます」

そこで一度湖に目を向け、すぐに桐生に戻し小野塚は苦しげに告げた。

「この湖の、この場所で、兄はあなたの名を呼びながら泣いています。兄は自分を裏切ったあなたを恨んでいる。そしてあなたを待っている。だから兄のいるここであなたは懺悔しなければならない。そうしないと兄の魂は永遠に泣き続けます」

小野塚の言葉と表情に、ぞくりと鳥肌が立った。それはただの夢なのだ、美緒の魂が泣いているわけではないのだと言ったところでこの男は理解しない。いまの彼からはそんな危うい印象を受けた。

病んでいる。美緒は自殺したのだという哀しい誤解が生んだ憎しみが、小野塚をおかしくしてしまったのだ。来る日も来る日も湖で兄が泣く夢にうなされ、彼の心は壊れた。だからこそ小野塚は、桐生を湖へ呼び出すことに固執したのだ。

桐生に真実を語らせるなら、小野塚にとっては兄の魂がずっと恋人を待ち続けている、この湖でなければならなかった。他の場所では駄目なのだ、泣いている美緒に桐生の声が届かない。

懺悔しろ。オノヅカのプロフィール欄に書き込まれていた一文を、ふと思い出す。あのひと言は小野塚が血を吐く思いで記したものなのだろう。

しばらくのあいだ黙ってから、桐生は口を開き静かに告げた。

「美緒をひとりにして悪かった。多忙は理由にならない。おれは彼のそばにいるべきだったんだ。悔いている」

相変わらずの説明不足に頭を抱えたくなった。すべてが勘違いなのだ、三年前の報道は誤解であり、美緒は自殺したのではなくただ事故で死んだだけだ。そうこんこんと説けばいいのに、この男はなぜそうしないのかとますます焦れったくなる。

桐生が元来そうした男であるのは知っている。と同時に、言葉通り悔いているからこそ、彼は言い訳したくない、できないのかもしれないとは思った。

恨まれるのならしかたがない、憎まれて当然だと桐生は考えているに違いない。

「……裏切ったんでしょう。あなたは女にうつつを抜かして兄を裏切った。ひとりにして悪かった？　私が、そして兄が聞きたいのはそんな曖昧な謝罪じゃない」

地を這うような声で言った小野塚が一歩桐生との距離を詰めた。それでも桐生は身を引かず、先と同じく淡々とした口調でくり返した。

「悔いている。裏切ったつもりはないが、きっと美緒にはさみしい思いをさせた。おれはそれを、悔いている」

桐生の冷静な態度とそのセリフが小野塚の理性を断ったのだろう。小野塚は途端に瞳へ激情を映し、唐突に桐生へ摑みかかった。

「あなたは！　どうしてそんな中途半端なことしか言えないんだ？　兄さんがどんな思いでここから落ちたかわからないのか！」

小野塚からは、桐生を傷つけよう、あるいは湖へ突き落とそうといった明確な意図は感じられなかった。単純に、激昂《げっこう》のあまり桐生に手を伸ばさずにはいられなかったのだと思う。

それでも、予想外の展開に身体が強ばった。驚きと焦りのせいでばくばくと心臓がうるさく鳴る。いますぐふたりに駆け寄って止めるべきか、そうすれば余計に小野塚を刺激しかえって危険なのか、頭の中で必死に考えてもすぐには答えが出ない。

なにせ体格差があるのだから、桐生であれば簡単に小野塚を組み伏せることもできたはずだ。しかし彼はそうはせず、黙って小野塚の手を受け入れていた。おそらくは桐生の中にある罪悪感が小野塚への抗いを封じているのだろう。

身体をぐらつかせもしない桐生の様子に、まさか誤って転落することはないかと少しは安堵《あんど》した。しかし柵もないちっぽけな高台なのだから、さすがにうっすらとした恐怖は覚える。そのふたつの感覚が入り交じって躊躇を呼び、やはりどうしたらいいのか判断できず手も足も動かなかった。

小野塚が体勢を崩したのは、桐生に摑みかかってから数分がすぎたころだったか。焦っていたため正確なところはわからない。

足もとの石に躓《つまず》いたらしく、小野塚は派手によろめいた。その横顔に、不意に、写真で見た美緒の顔が重なった。彼を実際に見たことも、ましてやこの場所で足を滑らせる現場を目撃したわけでもないのに、小野塚の姿は篤の目になぜかはっきりと、美緒として映った。

落ちる。

桐生も同様の錯覚に囚われたのかもしれない。彼が助けるように小野塚の手首を摑みふたりの身体が大きく揺らいだところで、ようやく足が動いた。

どうしてここにいるのか、なにをしていたのか、そんな言い訳を思いつく前に植え込みの陰から飛び出し彼らに駆け寄っていた。両手を伸ばしてふたりの腕を摑み全力で手前に引っぱる。なじみ客の家で大工仕事をするときよりよほど強い力が出たと思う。

ほとんど転ぶように三人ともその場へ膝をついた。誰よりも呼吸を乱していたのは篤だった。よかった、助かった、そう認識した途端に飛んでいた恐怖が一気に背筋を駆けあがり、目の前がくらくらして夕刻の景色が霞《かす》む。

「篤くん？」

驚いた声で桐生から名を呼ばれ、意味もなく二、三度頷いて返した。大丈夫ですか？怪我はないですか？　それとも、馬鹿なことをしないでください？　なにを言えばいいのか咄嗟にはわからない。

桐生はすぐに立ちあがり、篤の腕を摑んで同様にその場へ引っぱり立たせてくれた。それから小野塚へ手を差し出したが、彼は桐生のてのひらは取らず目を見開いたまま篤に「誰だ」と問うた。

いきなり予期せぬ他人が飛び出してきたのだからびっくりされて当然だ。なんと答えればいいのか、これもまたぐるぐると頭の中で考えてからなんとか声にした。

「……おれは桐生さんの、恋人です。あなたの暗号を解いて、ここに来ました」

そんな名のついた関係ではないのにあえて恋人だと告げたのは、そう言わなければ小野塚の歪んだ心には迫れないと思ったからだった。友達でも知人でもパンチに欠けるし、便利屋ですと自己紹介するのももちろんおかしい。

桐生の隣で小野塚の誤解を解いてやらなくては、誰もが哀しみから這いあがれないのだ。ならば嘘でも恋人だと言い切り、まずは小野塚の胸にひと突きのショックを与えて、妄想で凝り固まった精神に踏み込むためのひびを入れるべきだろう。

小野塚は土に膝をついたまま、ますます目を見張った。それから顔を歪めて吐き捨てるようにこう口に出した。

「やっぱり噂は本当だったんだ。兄さんは自殺したのに、あんたはそれを忘れて新しい恋人としあわせになろうなんて、しかも相手は兄さんと同じ男だなんて、ありえない、許せるものか。兄さんはあんたと同性であるからこそ苦しんでいたはずなんだ」

「桐生さんの大事な猫の名前、ミオちゃんです。あなたのお兄さんと同じです。桐生さんは猫に名前をつけてしまうくらいに美緒さんを愛していたし、おれがそばにいるいまだって忘れてなんかないですよ」

依然黙っている桐生のかわりに、さてなにを言えば過去の真相を伝えるきっかけになるのかと悩んでから、腰を屈め視線を合わせて小野塚に告げた。小野塚ははっとしたように篤を見つめ、絶句した。考えていた通り、彼はミオの名をまったく知らなかったようだ。

　桐生の恋人を名乗る男から意外な事実を聞かされた小野塚の表情には、それまではうかがえなかったむき出しの心が映し出されていた。怒りと驚きで、彼はいまひどく動揺しているのだと思う。

　あとはあなたの仕事ですと促すために、身を起こし桐生の腕を肘《ひじ》で軽くつついた。篤の言わんとすることは通じたらしく、少しの間のあと桐生がようやく核心に迫るセリフを口に出した。

「三年前の報道は根も葉もないただの噂だ。誤解だ。美緒はそれを理解していたから、自殺をするはずがないんだ」

「……そんなのは、……いまさら信じられない。あなたは現に、何度も現場から、姿を消して、きっとどこかの女と」

「違う。おれは美緒と会っていたんだ。君にそう言わなかったのは、美緒がいやがったからだ。彼は、実の弟にであれ恋人との逢瀬を逐一報告されることに抵抗があったんじゃないか。ふたりだけですごす時間はそれだけ特別な、秘密のひとときだったんだよ」

　小野塚の掠れた声を否定する桐生の言葉は、少々残酷でもあった。彼はつまり、桐生と美緒の恋愛において小野塚は蚊帳《かや》の外だった、ふたりの大切な時間をそうと明かせるほど近い距離にはなかったと言っているのだ。

篤にここまでさせたのだから事実を喋ろうと決めたのだとしても、台本がなければこの男はどこまでも不器用なんだなと若干呆れる。とはいえこれが桐生にとっての精一杯であることはわかった。

「それに、相手が同性だろうが関係なくおれたちは愛しあっていた。おおっぴらにしなかったのは単に雑音が邪魔になるからだ。それ以外の理由はない。互いへの思いさえあれば、おれも美緒も充分しあわせだった」

桐生は迷いのない口ぶりでそこまで言ってから、いくらかの沈黙を挟み、そののちにひどく静かにこう告げた。

「おれは美緒を忘れない。忘れられるはずがない」

徐々に強くなる秋風に乗せるように続けられた桐生のセリフは、先ほど小野塚が口に出した非難への答えなのだろう。熱くも冷たくもない淡々とした口調が、かえって切実に彼の心のうちを、その言葉が真実であることを表しているように感じられた。

「一緒に湖を見たいと言った美緒につきあえなかったのは事実だ。おれは悔いている。きっと一生後悔し続ける。それが苦しくてさみしくて猫を飼い美緒の名をつけた。だがいまは、美緒の亡霊にただいつまでも囚われているだけでは駄目だと思っている」

「美緒は、愛するものの幸福を祈れる優しい男だ。知っているだろう？　だから君も、君の中にいる美緒の亡霊を空へかえしてやれ。夢の中に閉じ込めておくな」

「……亡霊」

桐生の声を聞き、小野塚はそこで見てわかるほどに脱力した。涙こそ流さなかったが、服が汚れるのも構わず、それまで膝をついていた土の上に今度はべったりと座り込む。

なんだか彼のかわりに泣いてやりたいような気分に襲われた。三年間それだけがよすがだった桐生への恨み、憎しみを手放せば、小野塚の支柱は折れてしまう。ならば彼は今後なにに縋って生きていけばいいのだろう。

誤解は解かなければならない、でないと誰もが哀しみから這いあがれない。だからこそ小野塚の心をこじ開けるためのきっかけとして、桐生の恋人なのだと告げた。その自分の判断を間違っているとは思わない。

しかし、三年前にあった事実がつまびらかになればみなが傷なく救われるとも限らないのだ、そう考えたら、自分が取った言動にこれっぽっちも胸が痛まないなんていえなくなる。

としても、やはり、真実は真実として小野塚に伝えるべきなのだ。誤解の上に成り立つ支柱なら一度折らなければ、新たに真っ直ぐな根幹を築くこともできない。

「……私こそが、なにもわかっていなかったのか。囚われていただけか」

長い沈黙のあと呟くように言った小野塚は、憑《つ》き物が落ちたかのごとき呆然《ぼうぜん》とした表情をしていた。

「一緒に仕事をするうちに、桐生さんの実直な人柄が好きになりました。だから兄を会わせたんだ。なのに三年前の私はあなたを信じませんでした。なにを調べもせず知ろうともせず現実から逃げました。そうしないと、哀しみに、押し潰されてしまいそうで」

「たとえいまはともにいなくとも、美緒に出会えてよかった。感謝している」

「私はただ、自分の哀しみから目を背けるためだけに、理不尽にもあなたを恨み続けてきたのか」

どこに向けるでもない眼差しを空間に漂わせたままそう言った小野塚を、桐生はしばらく黙って見ていた。彼の横顔からすっかり悲哀が消えることはなかったが、少なくとも、黒い瞳にかかっていた翳りはもう晴れているように感じられた。美緒が死んだ湖の見晴台に立ち嘘偽りのない思いを声にして、彼は過去を吹っ切ることができたのかもしれない。

長い間のあと桐生が歩み寄り片手を差し出すと、今度は小野塚は素直にその手を摑み立ちあがった。それから深く桐生に頭を下げて、消沈した、それでも惑いのない口調でこう告げた。

「明日の夜、あなたの家に猫を返しに行きます。あの猫はあなたが兄を愛した証拠なんでしょう」

「ミオの好物を用意して待っているよ」

「私はあなたの自宅に不法侵入し所有物を盗み出しました。お手数かもしれませんが、警察を呼んでおいてください」

小野塚が最後に言い残した言葉に桐生は頷きも、首を横に振りもしなかった。石段を下りていく細身の背中を真っ直ぐに見つめ、小野塚の姿が消えてから視線を湖へ向ける。

暮れはじめた空の色を映す湖は美しかった。桐生は何度もこの景色を美緒と一緒に眺めたのだ。そしていまは自分とともに見ているのだなと思い、胸のあたりが締めつけられるような感覚に囚われた。

「明日、警察呼びます？」

整った横顔にそっと問いかけると、湖に目を向けたまま桐生は静かに答えた。

「いや。ミオが帰ってくるのならそれでいい」

「小野塚さんは罰されたいのかもしれません」

「我々は罪を自分で背負って生きていくべきなんだ。誰かに罰されいずれ許されたいなんて、甘いよ」

返す言葉を考えかけ、必要ないか、というより意味もないかと思い直して桐生と同じように湖へ視線を戻した。たとえ過去を吹っ切ったとしても、小野塚の誤解が解けたのだとしても、桐生にとって美緒をひとりで死なせてしまったという事実は事実だ。罪悪感など持たなくてよいと誰が言っても無駄だ、桐生とはそうした、いってしまえばそこそこ頑固な男なのだ。

立場上大ごとにしたくないだとか、小野塚とのあいだにあった事情を説明したくないだとか、桐生はきっとそんなことを考えているわけではないだろう。ただ彼の言葉通り、後悔はおのれで負うべきだ、他人から与えられる制裁で痛みを消そうなど甘いと思っているだけであるに違いない。

「助けてくれてありがとう」

しばらくのあと湖を見つめたままの桐生にそう声をかけられたので、視線を再度彼の横顔に移して訊ねた。

「美緒さんと同じ場所で、落ちたかったですか？」

「いや。落ちても構わないとあのとき一瞬思いはしたが、助けてくれてよかった。おれはまた過去に囚われるところだった。しかし君が助けてくれたおかげでようやく解放された気がする。ありがとう。君は頼もしいな」

桐生は珍しくすらすらとなめらかに答えてから、ようやく篤に目を向けた。そしてまたこれも珍しいことに、ひどく軽やかに、いたずらっぽく笑って続けた。

「おれはいま熱愛中らしい。今回の噂は誤解でもないようだ。相手はおれの知る限り誰より格好いい便利屋だ」

理解が追いつかずにまずきょとんとし、それからかっと顔が熱くなるのを自覚した。意外だ、この口下手で不器用な男でもそんなセリフを口に出すのかとひとりで焦る。

そののちに、じわりと胸があたたかくなるのを感じた。

最初はどうだったのかは知らない。それは桐生にしかわからないことだ。しかし、少なくともいまこのときは、自分は美緒の、もしくはミオの身がわりとして彼の隣に立っているのではない。

電車で来たのだと説明したら、助手席が空いているから乗ればいいと告げられた。だから甘えることにした。いまは桐生のそばにいるべきだと思ったし、なにより篤自身が彼から離れたくなかったからだ。

当たり前のように「このままおれの家へ行っていいか？」と誘われたので、こちらも努めて似た調子で、はい、と短く答えた。それでも一瞬の動揺と高揚は見抜かれてしまったらしく、そっと目をやった先でハンドルを握る桐生が微かに笑った。

なんだかいつもとちょっと様子が違うな、というのはわかった。湖で口に出した通り、彼は確かに今日、三年間囚われていた過去からようやく解放されたのだろう。

その夜のセックスはひどく情熱的だった。唇とてのひらで散々焦らされてから、幾度かの行為で彼に慣れはじめていた場所を深く貫かれる。

彼と身体をつなげるようになって一か月、遠慮をされているなんて感じたことはなかったが、あるいは彼はいままでそれなりに手加減していたのかもしれない。そう思わざるをえないほど徹底的に貪られた。射精もできない絶頂に何度も溺れ、経験のない悦楽に篤がみっともなく泣き出しても、桐生はなかなか手を離そうとはしなかった。

常から隠すほうではないにせよ、欲情と快楽でいつも以上に黒い瞳をきらめかせている彼に、見蕩れた。まるで美しい獣だ。意識も飛びそうになる頭で、彼にそんな表情をさせているのは自分なのだと考えたら、胸のあたりがきゅうきゅうと痛くなるほどの強いよろこびを覚えた。

いま、桐生の真っ直ぐな視線の先にいるのは他の誰でもなく、自分だ。

事後、くたくたになった身体をベッドに横たえていると、隣で上半身を起こした桐生に優しく髪を撫でられた。この男はしばしばこうやって自分を撫で回すよなと、まだ半ばぼんやりとしている頭の中で考える。

「君はいつだったかおれに、身がわりかと訊いたが」

しかし、桐生が唐突にそう告げたので、ぼやけていた意識が一気にクリアになった。思わずはっと視線を向けると、彼は篤に横顔を見せたまま続けた。

「あのときも言ったように、身がわりにするほど君は美緒に似ていないよ。むしろ正反対だ。だからこそおれは君を抱いたんだ。君をただ君として抱いた。いい加減、君もわかってくれたろうか」

「……おれは」

「誰も誰かのかわりにはなれない、かわりにしてはならないとおれはちゃんと言った」

口を開きかけたところで桐生にそう重ねられ、結局声は引っ込んでしまった。うまく言葉を返せない。

そういえば桐生は確かにそんなことを言っていたなと思い出した。ミオは死んだ恋人のかわりなのかと訊ねたときだ。いま改めて聞けば彼の返答はこれ以上なくきっぱりとしたわかりやすいものだったのに、自分はきちんと理解していなかった、それゆえに失礼な質問をしてしまったと思い情けなくなる。

この男は哀しみの中にあったとしてもこうした強くて清い男なのだ。誰も誰かのかわりにはなれない、かわりにしてはならない。桐生はそれをミオに教わったのだとも言った。それからいつかこんなセリフも声にした。

——おれはこの三年間を整理したい。実際整理しはじめている。それが君にはわからないのだろうか。

大事なところで言葉足らずな男だとずっと考えていたが、自分のほうこそが彼を解する努力を欠いたか。桐生が言う整理とはつまり、美緒とすごした蜜月の記憶と彼を亡くした苦痛をしっかり蓋《ふた》の閉まる過去という箱に収め、いま目の前にいるミオを、そして篤をそれそのものとして見たいという意味なのだと思う。

「認めてしまえば最初は興味半分だったのかもしれない。慰めるという君の言葉に甘えもした」

篤の髪を撫でながら、真っ直ぐに前を見たまま桐生は続けた。

「だが、君に触れ快楽を分かちあううちに、次第に君に惹かれていった。心も身体も充ちた。だからおれは少しずつ過去を整理することができた。そして今日、湖で君に手を引かれて完全に吹っ切れた。ありがとう」

「……おれは、あなたを死なせるわけにはいかないと、必死になっただけで」

「もうおれはむかしにのみ込まれない。君がいまに引き戻してくれたのだから、囚われるのはおしまいだ。そうだろう？」

再度、危なっかしい篤のセリフに声をかぶせそこまで言ってから、桐生はようやく視線を隣に向けた。見たこともないほど綺麗に澄んだ瞳で見つめられてつい息をのむと、彼は少しばかり笑い身を屈めて篤の耳元で囁いた。

「誰より頼もしくて誰より格好いい、君が好きだよ」

湖で聞かされたものと同じような違うようなセリフを吹き込まれて、ぞくっと鳥肌が立つ。幾度かセックスをしたとはいえ、君が好きだよ、とはっきり告げられたのは思い起こすまでもなくはじめてだ。

この男は自分のことが好きだと言ってくれるのか。他の誰にでもなく自分に言ってくれるのか。決して器用とはいえない男のことだ、その場限りの浮かれたたわむれ言ではなく、本心を映す正直な告白なのだろう。

正直だからこそ、彼は、すべてを整理し過去を吹っ切るまではそのひと言を口に出せなかったのかもしれない。

「おれも」

好きです、と返しかけた唇はキスで封じられてしまった。なんだか今夜は言葉を奪われてばかりだ。みなまで言わずとも理解しているという意味なのか、いま意思表示すべきは桐生のほうだと示しているのかはわからなかったが、常に冷静な彼らしくないそのやや急いた態度もたまには悪くないなと思った。

「ふ、んぅ、は……っ、あ」

好きなだけ快感を貪ったあとだからちょっと触れる程度かと考えていたのに、予想を裏切り遠慮なく口の中を舐め回された。大胆に、それから念入りに舌を絡められて次第に息が上がる。セックスのあとに交わす甘ったるいくちづけというよりは、むしろ相手の欲を誘い出そうとするようないやらしくて挑発的なキスだ。

流し込まれた唾液を飲み込み、自分の喉が鳴る音を聞いて、途端にかっと頭の中も身体も熱くなった。一度は収まった劣情が鮮やかに肌に蘇る。自分の単純さに半ば驚き半ば呆れ、しかしそれも桐生の舌を味わっているうちに意識の外へと追いやられた。

欲しい。この男がもっと欲しい。長いキスを解かれるころにはそんなことしか考えられなくなっていた。

「桐生さん……、もう、一度」

呼吸を乱しつつなんとか言葉にして乞うと、桐生は愉快そうに目を細めて仄かに笑った。

この男のこうした色っぽい表情はたまらなく好きだ。ついうっとりと見蕩れていたら、そこで右の手首を摑まれ軽く引っぱられた。

反射的に手を引く前に触れさせられた彼の性器が、先ほどまでと同様に逞《たくま》しく屹立していたので、思わず息を詰めた。この男はいま興奮している、くちづけを交わし行為をせがまれて高ぶっている、そう考えるだけで自分まで等しく勃起してしまう。

「もう一度、なんだ？」

じっと見つめられながらそんな言葉で促され、恥ずかしがるのも柄ではないかと右手で彼の性器を軽く摑み、見つめ返して答えた。

「もう一度、これで、おれを気持ちよくさせて、ください。中に入れて、あなたじゃないと届かない奥を、たくさん、突いてくれ」

「君は格好よくて、それから可愛い。好きだよ、好きだ」

篤の返答が気に入ったらしく桐生は笑みを深めてそう囁き、再度唇に音を立てて軽いキスをした。好きだよ好きだと慣れないひと言をくり返され嬉しさで目が眩《くら》み、相変わらずうまい返事もできぬまま小さく喘ぐと、それをどう受け取ったのか桐生に、今度は強い力で腕を摑まれる。

あっさりと身体をうつ伏せにひっくり返され、さらにはさっさと腰を上げさせせられた。

息をつく間もなくすでに蕩《とろ》けていた場所をぬるりと性器でなぞられて、ついぎゅっと目を瞑る。

入ってくる。深い場所まで彼の形に広げられる。この行為は自分の欲望でありまた桐生の欲望でもあるのだ、と思ったら、一瞬で全身によろこびが充ちた。

すぐにぐっと硬い先端を押しつけられたので、瞼を閉じたまま衝撃と快楽を待った。互いを求めあうこのときに湧きあがる熱と愛おしさに嘘はない。そう強く感じた。

好きだ。好きだ。なにを秘めることもなくすべてを明かしさらけ出して抱きあうこの夜に、それ以外のどんな思いが必要だというのだろう。


一週間後の日曜日十八時すぎ、便利屋事務所で「そろそろ帰ります」と鞄を掴んだ知明を呼び止めた。文房具だの書類だのでごちゃごちゃとした机の引き出しを漁《あさ》り、アルバイト代の入った封筒を掴み出す。

気心知れた身内でもあるから、東町萬屋では唯一のアルバイトに対して給料日なるものを特に定めていなかった。買いたい本があるので何日までには欲しいなどと知明が言えばその通りに金を出すし、これといって要求されなければなんとなく月の下旬に手渡すといったアバウトさだ。

ミオの捜索に関して、SNS上の情報を見つけ暗号を解いてくれた知明への礼の意味を込め、十月のアルバイト代にはそれなりのボーナスをつけることにした。とはいえ、それなり、と表現できる金額を考えるのも面倒だったため、単純に、依頼を引きあげると言った際に桐生が事務所へ支払った金の半分をそのまま乗せた。

今回の件が片づいたのは知明の手柄なのだから、本来であればすべて渡してもいいくらいだ。しかしそうすると、さすがに高校生には額が大きすぎると知明の母親である姉に叱《しか》られそうなので、やめておいた。

篤から受け取った封筒の常にない厚みに、知明はまずぎょっとしたような顔になった。よろこぶ前に怯むあたりが普通の青年らしくて可愛いよなと思いながら、「ボーナス込みだ」と説明をする。

「桐生さんのところの猫、ちゃんと帰ってきたみたいだから。ミオの件についてはほとんどおまえの仕事だろ、みっともない話だがおれはなにもしてないに等しい。だからその働きに対する謝礼もついでに渡す」

「いや、でもちょっと、厚すぎません？　僕だって空き時間にパソコンとスマホ睨んでただけですよ」

「好きな本とかゲームとかしこたま買えばいいだろ。いっそパソコンなりスマホなり新調したらどうだ？　桐生さんが強引に事務所に払った金、半分こな。全部渡すとおれが姉貴に怒られそうなんで、まあ、いいところだ」

篤の言葉に知明は少しのあいだ、考え込むように黙った。それから「目の前ですみません」と実に彼らしいセリフを口に出し封筒の中身を数える。

多い、と思ったに違いない。紙幣を封筒に戻して知明は難しげな表情をした。自分だって高校生のときにこの金額を手渡されたら若干怖いかもしれないと、その彼の顔を眺めつつ考える。

「僕は、桐生さんと篤兄さんの役に立ちましたか？」

しばらくのあと知明からそう訊ねられたので、ひとつ頷いて答えた。

「大いに。おまえがいなかったらミオは戻ってこなかったし、それどころか桐生さんもうっかり死んでたかもな」

「し、死んでましたか？」

「そう。注目の俳優の命を助けたにしては安いもんだろ。だから素直にもらっておいてくれよ」

高校生の甥に、桐生の過去の恋人だとかその弟だとかの詳細を語るのもはばかられたので、簡単にそれだけを告げた。知明は言葉の真意を問うようにじっと篤を見つめてから、それ以上は教えてもらえないと悟ったらしく「なるほどわかりました」と言って追及の視線を緩め、そこではじめて嬉しそうに笑った。

「役に立ったならよかったです。ほら僕は真面目《まじめ》で学校の成績もいいけど、あまりひとの役に立つタイプじゃないから。そもそも頼ってくれる友達もろくにいないし」

「そうなのか？　少なくともおれは頼りにしてるが」

「はい。はいもう、頼りにしてください。篤兄さんは頭脳戦が苦手なんで、いつでも僕が助けましょう。今後も役に立ちますよ」

「つまりおまえはおれを馬鹿だと思ってるんだな？」

甥の笑顔を見てなんだかこちらまで気分がよくなった。小生意気なところもあるにせよ、やはりなかなか可愛らしい。叔父《おじ》の軽口に「ええまあある部分においては」と冗談めかして答える知明の頭を軽く小突き、一緒に笑った。

篤の携帯電話が鳴り出したのはそのときだった。片手で知明に、悪い、と示しながら携帯電話をポケットから引っぱり出して液晶画面を見ると、桐生の名前が表示されていたのでどきりとした。

「出て、早く出て。耳塞いでおきますから」

ここで応答していいのか階段まで走るべきか迷っていたら、液晶画面が目に入ってしまったらしい知明にそう促された。もう一度片手で謝りつつ一応は知明に背を向けて電話に出る。

『桐生です。篤くん、今夜は暇か』

携帯電話を耳に当てると、篤が名乗る前に、回線の向こうで桐生が早口に言った。混じり込む雑音から察するに仕事中だろう、がやがやとひとの声が聞こえてくる。

どうやら多忙の合間に電話をよこしたらしい、ということはわかったので、彼と同じく挨拶《あいさつ》は省き短く答えた。

「今夜は二十一時くらいには暇になります」

『では、二十一時におれの家に来てくれ。一週間ぶりに、ようやく時間ができた。会いたい』

彼のセリフで、そうか、もう一週間も会っていないのだと思いいたった。電話でならば何度か話をしたが、直接声を聞いたり美貌に見蕩れたり、触れたりはしていない。めったにつけないテレビをつけて刑事ドラマや芸能ニュースを眺め、彼の姿は見ていたから近くにいたつもりになっていた。

近くはないのだ、モニタ越しでは遠いのだ。会いたいという桐生の言葉にふとそれを実感し、好きでもないテレビをつけるほど本当はさみしかったのだと自覚すると同時に、こうして誘ってもらえるよろこびで胸がいっぱいになった。

『篤くん？　来られるのか、無理か？』

「あっ、いえすみません。じゃあ二十一時に行きます」

つい返事に詰まっていると桐生に急かされたので、慌てて答えた。彼にしては珍しく余裕のない声だったから、よほど忙しいのだろうと推測する。それでもこうして電話をかけてきてくれるし自宅へ招いてくれるのだ、と思ったらますます嬉しくなった。

桐生は最後に『ありがとう。待っているよ』とだけ言い残してあっさり通話を切った。待っているよ、そういえばいつかもそんなセリフを電話越しに聞いたことがあったよなと思いつつ、静かになった携帯電話をポケットに突っ込む。

それからなんとなく振り返ると、どこか楽しげに笑っている知明の顔が目に入った。

「おまえ、ちゃんと耳塞いでたのか？」

眉をひそめて文句を言ったら、実に軽やかな口調で返された。

「あれ？　僕は恋の役にも立ちましたか？　なにを話してるかまでは聞こえなかったけど篤兄さんの後ろ姿は雄弁ですね。焼き肉の約束も忘れないでくださいよ」

「ああ、ああ、忘れてない。働き者の知明くんに最高級の焼き肉をごちそうしよう。今夜は忙しいから、今度の土曜か日曜な」

つい長々と溜息をついてから答えると、知明は至極ご満悦といった笑みを浮かべた。焼き肉にありつけるのが嬉しいというより、おそらく彼は、背中からすら見て取れるほど叔父がよろこんでいるのを察して、それにこそ満足したのだと思う。

「ええ。僕だってひとさまの恋を邪魔したくないんで、またの機会でいいですよ。じゃあ帰ります、役に立てたようなので遠慮なくお金もらいますね」

「はいはい。ああいや、大金持ってるとおっかないから家まで車で送る」

「篤兄さんはさっさと仕事を片づけてください、桐生さんとの約束に遅れますよ？　いただいたお給料はすぐそこのＡＴＭで全額銀行に入れますからご心配なく」

約束をしたらしいと知っているなら、つまりは少なくとも電話で叔父がなにを喋ったのか聞こえていたのではないか。そう気づいたのは、「お先に失礼します」と言って知明が去り事務所のドアが閉まったあとだった。頼りにはなるし可愛いところもあるにせよ、なんとも食えない高校生だなと再度ひとり溜息をつく。

それから気を取り直して、ボールペンを片手にがさがさと領収書だの資料だのの山を崩しはじめた。確かにさっさと仕事を片づけなければ桐生の自宅へ向かえない。苦手だから期限ぎりぎりでやればいいかと後回しにしていた事務処理が溜まっているのだ。書類の山があらかた平らになったのは、二十時もすぎるころだった。慌てて後始末をして事務所を閉め、狭い階段を駆け下りすぐそばにある駐車場へ急ぐ。

一週間ぶりに桐生に会える。目を合わせて言葉を交わせるし、あたたかい肌に触れることもできる。そう考えると、ハンドルを握る手からアクセルを踏む足までそわそわしたしわくわくもした。対向車線で車を走らせている運転手がもし目にしていたら、ひとりでににやついている篤はさぞかし不気味に見えたと思う。

安全運転、安全運転と逸《はや》る心に言い聞かせつつ車を運び、二十一時少し前に桐生の自宅がある住宅街に到着した。いつものコインパーキングに車を停《と》めて静かな夜道を早足で歩く。

辿りついた桐生の家の前でひとつ深呼吸をし、門の横にあるインターホンを押して名乗ったら、篤の知る限り普段は勝手に入ってこいと告げる桐生は珍しく『すぐに開けるからドアの前にいてくれ』と言った。首を傾げながら従うと、十数秒か数十秒かののちに細くドアが開いた。

「早く入ってくれ」

電話で話をしたときと同じく挨拶抜きでそう指示され少し驚く。意味もわからぬままこれも慌てて言われた通りにしたら、ラフな服を身につけた桐生と、その足もとにじゃれついている猫の姿が目に入った。他人が不用意にドアを開ければ猫が逃げるからという意味なのかとそこで納得する。

「こんばんは、篤くん。紹介しよう、彼がミオだ。本当はもっと早く君に会わせたかったのに、忙しくて今日になってしまった。どうだ、可愛いだろう？」

篤がドアを閉めてからようやく挨拶をして、桐生は実に嬉しそうに目を細めた。はじめて彼が便利屋事務所を訪れミオの写真を篤に差し出したときにも、これは相当の親馬鹿だなとその眼差しから察せられたものだが、実際に愛猫がそばにいるとさらにでれでれになるのかと密かに呆れる。

まずは桐生に「こんばんは」と挨拶を返して、それから、ミオをびっくりさせないよう目は合わせないまま身を屈めた。写真ではもう何度も何度も飽きるほど見ていたミオは、頭の中で想像していたより大きく、また、バイカラーの毛並みもつやつやで美しい猫だった。

初対面の来訪者が目の前に現れてもミオには怯《おび》える様子がなかった。ちらりと見た表情から感じ取れるのは、誰ですか、遊んでくれるんですかとでもいわんばかりの好奇心と好意のみだ。確かにこれなら、七キロを抱えられさえすれば誰にでも容易に彼を連れ出せた

ろう。

「可愛いですね。写真よりずっと可愛いです。触っても怒りません？」

身を屈めたまま問うと、桐生はあっさり「大丈夫だよ」と答えた。飼い主の許可が下りたのでまずはゆっくりと手を差し出し、ちょっと触らせてくださいとミオに示してから、そっと顎《あご》のあたりをくすぐる。

パットの散歩、お守りに捜索、そんな仕事もまま入るので犬やら猫やらにはたくさん接してきた。しかしここまでおとなしくて人懐こい猫はそうそういないなと、まったく動じない、どころか嬉しそうにごろごろと喉を鳴らすミオを見て感心した。

額を撫でてやればてのひらにすり寄ってくるし、背やら尻《しり》やらに触れてもいやがらずむしろうっとりしている。なんというひとたらしだ。こんな姿を見せられたら、桐生でなくてもめろめろになってしまうに違いない。

「ミオが帰ってきてすぐに病院へ検査に連れていったが、いたって健康とのことだ。小野塚も気をつかっていたんだろう、というより可愛がっていたのか。まあ、ミオにかかれば誰もがいちころだ、こんなに可愛い猫を邪険に扱えるものなどいやしない。そう思わないか？」

普段は口数の少ない男なのに、説明ついでに珍しくもすらすらとした口調で惚気《のろけ》られ、さらには同意を求められた。否定は許されない問いに「そう思いますよ、可愛らしいですからね」と慎重に返事をする。こういうときに、小野塚にとっては単に人質だったから大事に扱ったんでしょうなんて冷静な見解を述べて、愛猫家を下手に刺激してはいけないのだ。

「ミオちゃんは鳴かないですね。いつもです？」

ミオから手を離し、ようやく靴を脱ぎながら訊ねると、最愛の猫について語れるのが嬉しいのか桐生がどこか自慢げに答えた。

「ああ。ラグドールは基本的におとなしい種だが、ミオはとびきりにいい子だから、めったなことでは鳴かない。鳴くとしたら構ってほしいときくらいか。小さな声で彼はおれに、さみしいから遊んでくれと言うんだよ。もう、どうしようもなく可愛いだろう？」

「……それは可愛い。構い倒してしまいます」

「その通りだ。彼に求められれば、なにをしていてもどんなときでも全部放り出して撫で回したくなる。そうするとまた彼は実に満足そうな顔をするんだ。本当に可愛い」

言葉を選んで応じると、桐生はさらに親馬鹿丸出しな調子で続けた。もはや彼にはミオに対するべたべたな愛情を隠すつもりもないようだし、相手が篤であれば照れも感じないらしい。彼が何度可愛いと口に出したのか数えるのもあほらしくなるほど、ここまで盛大に惚気られるといっそすがすがしいと逆に感心する。

　廊下に上がり、ミオを足もとにまとわりつかせてリビングへ向かう桐生のあとについていくと、不意に立ち止まり振り返った彼ににっこりと笑いかけられた。

「なあ君、おれはいましあわせだと思わないか？」

　唐突な彼のセリフと見たこともないほどの笑顔に、びっくりした。彼と同じく足を止め、咄嗟の返事もできずに固まっていたら、彼はその表情のまま穏やかな声で続けた。

「可愛い猫と格好いい恋人がそばにいて、おれはいま誰よりしあわせなんだよ。君にわかるか？」

　恋人。恋人とは自分のことか。そう考えたら途端に胸が高鳴りはじめた。なにせ君が好きだと言われたのだって一週間前がはじめてなのだし、だから当然桐生がそんな表現をしたことは一度もない。

　湖の見晴台では篤自身が、おれは桐生さんの恋人です、なんてセンテンスを口に出しはした。しかしあれは単に小野塚を納得させるために選んだ言葉だったし、もちろん桐生もそうと理解しているはずなので、篤が自称したから合わせてくれているというわけでもないだろう。

　つまりいま彼は彼の意思として、篤を指し恋人だと告げているのだ。なんと呼べばいいのか曖昧にしたまま身体をつなげてきたふたりの関係に、恋人という名をつけたい、と示しているのだ。

彼の美貌には、はじめて事務所を訪れたときに浮かんだ切なさも、以降たびたび目にした哀しみの翳りもなかった。この男は本当に、言葉のままにしあわせを感じているのだと伝わってくる表情をしている。

囚われているだけでは駄目だと彼は言った。もうおれはむかしにのみ込まれない、君がいまに引き戻してくれたのだから囚われるのはおしまいだとも告げた。その通り彼はもう過去に足首を摑まれてはいない、きちんと吹っ切って新しい幸福を味わいはじめている。だからこそこんなふうに笑えるのだと思う。

自分が彼にその笑顔をもたらすひとつの要因になれているのであれば、これほど嬉しいことはない。

現在の自分ではまだまだ力不足だろう。だとしてもいつかは、可愛い猫と格好いい恋人がそばにいてしあわせだという桐生の言葉にふさわしいだけの、頼もしい男になりたい。

「……わかりますよ。だっておれもいま、格好いい恋人のそばにいて、しあわせですから」

しばらく考えても他に思いつかなかったので、桐生のセリフを真似てそう返事をした。

彼と等しく晴れ晴れと笑いたかったのに、じわりと湧き出してきた泣きたくなるくらいの幸福感と、息苦しいほどの愛《いと》おしさのせいで少々みっともない表情になった自覚はある。

桐生は篤の返答に満足そうに頷き、ミオとともにリビングへと先に足を踏み入れた。真っ直ぐに背筋が伸びた美しい後ろ姿を見つめてまず大きく深呼吸し、それから彼らのあとについていく。

守ろう、そのためならなんでもしようと決意した。なにせ三年間町のなんでも屋を切り盛りしてきたのだから、充分には足りなくてもこの腕は無力ではない。

しあわせなんだ、しあわせですと告げあえるこの瞬間が、しあわせだ。ならば精一杯両手を伸ばして可能な限りの力を尽くし、いまここにあるふたりと一匹の幸福を、必ず守り抜こう。

よろず屋、人気俳優の猫と遊ぶ

よい天気だ。

庭へと続く窓を開け放った廊下に座り見あげた空は、雲ひとつない晴天で、午前の陽は眩《まぶ》しかった。久しぶりに朝から晩まで一日オフの土曜日、時間があれば自宅へ来ないかと誘った篤《あつし》はいま、ミオと庭で遊んでいる。

篤と一緒にいるミオはとびきりに嬉《うれ》しそうだった。そして篤も声を上げて笑っている。あるいはふたりとも自分といるときよりこの快晴を楽しんでいるのではないか。そう思うと僅《わず》かばかりの嫉妬《しっと》を覚えて、そんな自分に呆《あき》れた。

見ている限り、篤は猫を扱うことに慣れているようだ。糸の先に羽根のついた玩具《おもちゃ》を使い、普段は家の中にこもりきりのミオを陽のもとで遊ばせている。

目の前で恋人と猫がはしゃいでいる姿を眺め、しあわせを感じた。

夏の終わりに便利屋ではじめて出会ったとき、店主はこちらの顔を見てなにに驚いたのかしばらくぽかんと口を開けていた。その青年に助けられたのは、確か秋のことだ。湖の見晴台でこの腕を掴《つか》んだ彼の手の感触は、いまでもはっきりと覚えている。

力強かった。頼もしかった。過去に囚《とら》われた人間たちを現在に、そして現実に引き戻す、清潔で嘘《うそ》のないてのひらだった。

出会って間もないころから、しっかり、はっきりとした意思を持つ、頭の回転の速い男だと感じてはいた。いつか言った通り、彼ならばミオを見つけ出してくれるだろうと信じたのは事実だ。しかしあの日までは知らなかった、湖で見た彼こそが本物の篤なのだ。彼は、自分が考えていたよりもはるかに頼れる、ヒーローだ。

篤の強さ、清廉さを目の当たりにして、この男が好きなのだと改めて思い知らされた。彼が持つ曇りのない性格やひととしての潔さは非常に快いものだ。だからこそ単純に惹《ひ》かれた。ベッドで肌に触れるたび、心に芽生えた彼に対する好意が徐々に大きくなっていく自覚はあった。だが、何度身体《からだ》をつなげても、おのが感情を声にすることにはためらいを覚えた。

すべてを整理するまでは口に出すべきではない。もう少し時間が欲しい。篤も特にしつこく言葉を求めることはなかったから、いってしまえばあのころの自分は彼に甘えていたのだろう。

みっともないし失礼だった。篤を不安にさせてもいたか。ならばこれからは、自分が彼を甘やかしてやればいい。

とはいえ、どうやって？

「篤くん。昼食はなにが食べたい？　君が好きなものを、おれが作ろう」

散々思案してようやく探し出したセンテンスは、そんな面白くもないものだった。こんなときこそ洒落《しゃれ》たセリフの並ぶ台本がこの手にあればいいのにと心底思う。

篤はミオの玩具を握ったままこちらをぱっと振り向いて、迷う様子もなく「ハンバーグ！」と答えた。顔をつきあわせて話をするときは実年齢より歳上《としうえ》であるような印象を受けるが、こういうところはまるで子どもだ。

というよりそれだけいま彼は、自分に気を許しているのかもしれない。そんなふうに考えたら胸のあたりがあたたかくなった。

「おれも手伝います。いま頑張って料理の勉強してるから、ちょっとは役に立ちますよ。それより桐生《きりゅう》さん、こっちに来て、ミオちゃんと一緒に遊びましょう」

「……いや。君が遊んでくれているなら」

「人数が多いほうが楽しいですよ。それに桐生さん、羨《うらや》ましそうな顔してますけど。自分で気づいてないんです？」

あっけらかんとした篤の指摘に咄嗟《とっさ》の返事ができなかった。先に覚えた嫉妬を見抜かれたのか。であれば実に情けないし、ここで拒否すればますます格好がつかない。

笑って応《こた》えようとはしたが、どうにもうまい表情にならなかった。しかたがないので妙な顔をしたまま靴を履き直し、座っていた廊下から庭に足を踏み出す。

すぐに近寄ってきて足もとにじゃれつくミオに、遊んで遊んでと目で要求されたため、身を屈《かが》め丁寧に被毛を撫《な》でた。そうしたら、篤からこう声をかけられた。

「ああ。ミオちゃんはやっぱりおれより桐生さんのほうがいいのかなあ。おれだって全力で遊んでるのに一瞬でそっちに行っちゃうし。桐生さんもでれでれですしね、自覚あります？　ちょっと妬《や》けますよ」

「一緒にいる時間が違うからじゃないか。おれはもう三年以上、毎日彼とともにいるから、その分多く慣れているんだ。それに、おれがミオにべた惚《ぼ》れなのはいまにはじまったことではないよ、知っているだろうに」

「いいですよ。おれだってこれからずっと一緒にいて、三年の差なんて些細《ささい》なものにしてやりますから」

ひとり虚《むな》しくミオの玩具を振りながら、わざとらしく拗《す》ねた口調で言った篤に、笑った。

この男の、こうした素直で可愛《かわい》らしい面も好きだと思う。

そうだ。これからずっと一緒にいよう、なにがあっても手を離さずにいよう。先ほど恋人と猫を眺めながら感じたしあわせを、このてのひらで守り育てたい。

あとがき

はじめまして、こんにちは。真式マキです。

拙作をお手に取っていただき、ありがとうございます。

こちらタイトル通り、人気俳優がとあるちっぽけな便利屋を訪れ、猫を探してくれないか、と言い出すところからはじまるお話です。俳優の自宅から逃げ出したのであろう猫を見つけ出すべく奮闘する便利屋ですが、途中で、どうやらこの件はただの迷い猫捜索ではないな、と気づきます。

みんな強くなれ、強くあれ、と願いながら書きました。切なかったり哀しかったりといった側面もありつつ、基本的にはからりさらりとした雰囲気になるようにと頑張りました。どうでしょうか。

心友先生、素晴らしいイラストをありがとうございました！　先生が姿を与えてくださったことで、キャラクターたちに命が宿ったような気がします。ラグドールもとっても可愛らしくて、もふもふしたくなりました。本当にありがとうございました。
また、担当編集様、たくさんのご指導をありがとうございました。お手数をおかけしてばかりですが、今後ともどうぞよろしくお願いいたします。
最後に、ここまでお目を通してくださいました皆様、心より、ありがとうございました。少しでも楽しんでいただけましたならさいわいです。よろしければ、ご意見、ご感想などお聞かせください。

それでは失礼します。またお目にかかれますように。

真式マキ

本作品は書き下ろしです。

ラルーナ文庫

この本を読んでのご意見・ご感想・ファンレターなどお待ちしております。**〒111−0036 東京都台東区松が谷1−4−6−303 株式会社シーラボ「ラルーナ文庫編集部」**気付でお送りください。

よろず屋《や》、人気《にんき》俳優《はいゆう》の猫《ねこ》を探《さが》す

2020年3月7日 第1刷発行

著　　　者｜真式《ましき》マキ
装丁・DTP｜萩原 七唱
発　行　人｜曺 仁警
発　行　所｜株式会社 シーラボ
〒111-0036 東京都台東区松が谷 1-4-6-303
電話 03-5830-3474／FAX 03-5830-3574
http://lalunabunko.com
発　売　元｜株式会社 三交社（共同出版社・流通責任出版社）
〒110-0016 東京都台東区台東 4-20-9 大仙柴田ビル 2 階
電話 03-5826-4424／FAX 03-5826-4425
印刷・製本｜中央精版印刷株式会社

ISBN978-4-8155-3231-4